However
Dogs and Samovars
Might
Behave Themselves

不管
狗和茶炊怎么
闹腾

王这么 著

人民文学出版社

图书在版编目(CIP)数据

不管狗和茶炊怎么闹腾/王这么著. —北京：人民文学出版社，2020
ISBN 978-7-02-015894-2

Ⅰ.①不… Ⅱ.①王… Ⅲ.①散文集—中国—当代 Ⅳ.①I267

中国版本图书馆CIP数据核字(2019)第277382号

责任编辑	欧阳婧怡
装帧设计	陶　雷
责任印制	王重艺

出版发行	人民文学出版社
社　　址	北京市朝内大街166号
邮政编码	100705
网　　址	http://www.rw-cn.com

印　　刷	三河市宏盛印务有限公司
经　　销	全国新华书店等

字　　数	127千字
开　　本	880毫米×1230毫米　1/32
印　　张	7.375　插页3
印　　数	1—8000
版　　次	2020年1月北京第1版
印　　次	2020年1月第1次印刷

书　　号	978-7-02-015894-2
定　　价	39.00元

如有印装质量问题，请与本社图书销售中心调换。电话：010-65233595

目录

第一部分　旧家山

- 槿花一朝梦　003
- 清明时节雨纷纷　026
- 我们什么时候开始谈到家乡的食物　038
- 小时候吃过很多奇怪的东西　052
- 你这只咸鸭蛋　063
- 努力加餐饭　067
- 载酒买花年少事　076
- 笑问客从何处来　084

第二部分　闲花草

立春是个顶要紧的日子　093
花事忙于农时　099
虎耳草是怎么答复的　103
合欢花的香气　107
夏首荐枇杷　110
彼岸花、雁来红、小津　115
道旁的牵牛花呀　135
牡丹是熟女　147
紫藤里有风　157

第三部分　凡人歌

我自己的征途与星辰大海 … 169
在美食一条街上 … 178
水果摊子 … 188
看门的老头 … 196
小区生活 … 204
说件励志的事儿 … 218
空房子 … 226

However
Dogs and Samovars
Might
Behave Themselves

第 一 部 分

槿花一朝梦

"木槿花开了。"

"这是木槿吗?还真的是,看这叶子……可是花跟我小时候看到的不太一样。"

"有什么不一样?"

"更好看一点,你看,它是重瓣的,花瓣光滑,还有这种白色和粉色,以前是没有的……"

从前外公外婆的小镇上,种着很多木槿。我家老屋后面就有,十几二十棵吧。开的花是单瓣的,肉红色的花瓣绵软多皱,中间一根粗壮的黄色花蕊直挺挺地伸出来,颇不雅观。

这些木槿，排成了一圈儿篱笆，围住了我家的那一畦菜地。菜地里种着：小青菜、茄子、青椒、葱、蒜等等。木槿花从夏到秋都在不知疲倦地开着，镇上的小孩子却并不去采摘，谣传说有毒。其实也许只是因为它不够美吧，又不香。

外公外婆的小镇很小。家家户户出了大门口，行不了几步路，就到了一眼望不见尽头的田地，田地里有的是各色花草。

春天来，菜花黄，蜂子嗡嗡叫着团团打转，被阳光与花香熏晕了头；水田里紫云英铺了一地。紫云英有王冠一样的绛红色花朵，有细长嫩绿的茎梗，擎一枝在手里，它就摇摇摆摆，点头晃脑，于是一直捏着它，跑来跑去，茎梗被揉烂了才随手扔掉。

野豌豆、家豌豆、蚕豆花、扁豆花，紫的、粉的、白的，都长成蝴蝶的形状，从春天接替着飞舞到秋天；葫芦开花白亮亮，茼蒿开花金灿灿，芫荽气味讨人嫌，但花朵也精致，细碎的白色小花攒在一起，像蕾丝裙子……

木槿花真是不起眼的花。我们那儿叫它"辣各篱"，顾名思义，天生就是用来扎篱笆墙的。在木槿花的篱笆边上，种着两棵泡桐树。外公外婆说等我们姐妹长大了，就砍了它们打衣箱，打床板，做嫁妆。

外婆在"辣各篱"下面，"喏喏"地唤鸡回窝。花都开了，她头发花白了，在脑后挽成小而圆的发髻，她经过泡桐树下，头也不抬——树还小呢。

寒假、暑假、五一、国庆，凡有假期，爸爸妈妈总要送我们到外婆家住。送我们走的时候，我们很高兴，他们也很高兴。

外婆也是高兴的。她揭开她屋里那只白铁皮桶的盖，摸出三四块花生糖给我们。我嘴里嚼着，手就去翻她的梳妆匣。那是只紫檀色带三层抽屉的小木匣，一打开就闻到浓烈的香气，不知是木料香，还是脂粉香。拉开抽屉，里面除了簪子、发网、发夹、雅霜、蛤蜊油、头油，还有些古怪的迷人物事：字迹模糊的老铜钱、只剩下半边的镂刻有细密图案的银锁……小小的匣子，百翻不厌。

外公在外面的弄堂里坐着，穿堂风一天到晚地吹过去，他靠在竹躺椅上，青筋暴露的手握着一只紫砂的小茶壶，他把壶嘴凑到嘴边，喝一口茶水，伸一伸腿，躺椅"嘎嘎"一阵响，我们坐在小竹椅上，听他讲古。讲他年轻时候在皖南当挑夫，挑毛竹，挑炭，深夜里卸了货，年轻气盛，偏要往回赶，行到山涧边，遇见下山喝水的豹子。明晃晃的大月亮地里，豹子的眼珠灼灼发光，山风都停住呼啸了，只听到它吞咽河水的声音，咕噜咕噜，跟人喝水的声音很像——跑？跑不动了，两条腿定住了，魂给吓散啦。

"人有三魂两魄，吓跑了一魂半魄，就得去找，去到处喊回来，要不然人就会慢慢变傻，人就废了……"

"一个人在外头走,听到有人喊你的名字,千万不能随便答应它。""为什么呀?""你不知道那是什么东西呀!你答了它,说不定魂就被勾走了。"

在小镇,我们消磨漫长的暑假。我们整个白天几乎都泡在野地里。我们——我和双胞胎姐姐、左邻右舍年龄相近的孩子们,有时候还有表弟——一个大眼睛、长睫毛、极其秀美、甩脱不掉的跟屁虫,我们走出各家门前木槿的篱笆墙,走过近处的菜地、小池塘,走到远远的河堤、树林、农田中去。夏天的户外,阳光明亮炫目,天空被灼成了浅蓝色的,远处的长天,蓝色无限近乎白,空气中每一种气味,都蓬勃着——

地里的牛粪在一点点烘干,水面上蒸发着带鱼腥味的水气,干草堆有朴实的温软清香,把脸贴在上面,想起家里的床铺。被折断的植物茎叶散发迥异的气味,或甜腻,或辛辣,或清苦……有一类植物,会从茎叶断裂处冒出白色黏稠浆汁,黏在手上,叫人好一阵不自在。在菜地深处发酵着的粪窖,用一种被阳光、青草、风调和过的复杂气息,默默昭告它们的方位……

水稻接近收割期了,都沉重地垂着它们的头,稻穗的顶端已微黄,往下依然泛着青,青与黄的层次分明。如果有风,就会涌起层层波纹。

夏天的风时有时无,有风的时候,一阵突如其来的透明的清凉,先鼓动身上的小裙子,再连同轻薄的布料,一起从光赤的腿上拂过,快活得让人轻呼起来。没有风的时候,万物纹丝不动,只有炽热的空气在发着颤。知了的叫声,在左边的树上,在右边的树上,在东西南北,远远近近,像无数尖利的小爪子,抓挠着炎夏的铁幕。

一二三四,一二三四,知了群起而鸣的时候,我们走得快而沉默。

有时候经过一个两个稻草人。稻草人只有一条腿,稻草人站在那里从来不说话。他戴着破草帽,衣衫褴褛,倾斜着他瘦骨伶仃的身子,张开长长的双臂,摇晃着他的破蒲扇。他没有脸,但总似乎带着一种笑嘻嘻的表情。我们挥舞着柳树枝,踢着小石子,一个接一个走过去,经过他,我们看看他,他也看看我们。

晴天的稻草人,是自得其乐而且敬业的模样,不像在下雨天的时候……

下雨天,小孩子是不出游的,除非有要事。我们的要事通常是从上街头的外婆家,走到下街头的小姨家去。去做什么?换个口味吃饭。我们从老街的后头走,一边走一边转动雨伞,欣赏水珠从伞沿飞旋出去的晶亮水线。我们走过一片菜地,一个水塘,一大片稻田。水田漠漠烟如织,四野少人行,稻草人还站在那里,淋得透湿,它看起来实在是寂寞了。

田野里的稻草人,像童年时代我们一个相熟的朋友。

有时候我们会经过一个坟包。坟包藏在树林里、山坡上、菜地里。坟包上覆着青草，歪斜的墓碑前头，清明节挂上去的彩幡还在，只是褪了色，破烂地挂在那里，遇风拂动。这个时候，我们说话的声音会变得小一些，有意无意地，离它远一点。

坟包也是野地里常见之物，并不可怖，可是见到了，也还是令人有些不自在。就像在老屋之间的狭长弄堂奔跑时，常会撞到某一户人家存放着的寿材——厚重、黑漆雕花、崭新的寿材，横放在某个角落里，没办法若无其事地从它身边走过，总是忍不住要蹑手蹑脚，走过去之后还要回头看一下，似乎那是只怪物，会提脚追来。

我们终于走到了打谷场上。没有人迹，秸秆垛一堆一堆，整齐又高大。场地中间的硬土已经晒得发白了，地上连虫蚁的踪影都没有。我们坐在秸秆垛的阴影里打扑克牌、抓杏核儿、挑冰棍棒、砸画片，视各人衣兜里有什么而决定。那时候，衣兜是一件衣服上重要的部件，我们的衣兜总是塞得过分地满，沉重地坠下来。有时候，我们也玩"过家家"——拾石块、瓦片为锅灶碗盆，撮土为米，舀水作茶，摘草叶为菜。

四仰八叉躺下来。云朵在天空浮动。有时丝丝缕缕如撕碎的棉絮，有时一朵朵，像学校门口卖的棉花糖，有时它变幻出各种样子。

"云上面有仙女吗？"

"没有！世界上根本就没有仙女！"

"有飞机，有战斗机，轰轰轰，砰砰砰！呜呜——"

"我奶奶看到过龙，就在云里，真的。"

"龙长什么样子？"

"这都不知道，就年画上那个样子呗。"

"瞎说，我们老师说世界上根本没有龙。"

"你才瞎说，有恐龙！"

"你是傻子吗，恐龙又不是龙。"

渐渐没话了。云还在天上慢慢地跑，日光还是那么的亮，四下里沉寂着，似乎有什么声音从远处传过来，风吗？我听到一声悠远、含糊的呼唤，像是谁家父母在喊着谁的名字。不是叫我吧？

刘卫东一骨碌坐起来："你们听到了？""什么？"我的后脊梁骨上爬过一阵凉意。大家都坐起来了，屏住呼吸，侧耳倾听。世界真静，又传来了一声呼喊，像呼喊，又像是一个大人在叹气，这一次，声音离得更近了一些。那个大人正在往这边过来吗？

一阵激烈的恐惧攫住了我。一秒，两秒，三秒，我们全体从地上跳起来，跑！我们跳上田埂，跃过沟渠与草丛，踢开拦在路上的土坷垃、牛粪、枯枝败叶，我们夺路狂奔。我们跑得是那么的快，一转眼，已经望到了家门口的篱笆墙，墙外的石磨盘，还有晾衣绳上谁家的大红裤衩……

一群鸡被惊动了,从路边的草窠里蹿出来,抢在我们的前头飞奔。

鸡这东西天生有一种本领:任何小骚乱都能被它们加工成世界末日。霎时间鸡毛飞舞,烟尘滚滚。不知道是谁的脚绊到了一只鸡。很胖的母鸡,歪斜着膀子飞了起来,一路惊叫着,飞到了一户人家的茅房顶上。它在那儿好容易站稳了,定了定神,越发气愤地咯咯大叫。我们也总算停了下来,喘着,咳嗽着,蹲下来,抚着胸口,彼此看看,也大笑起来了。

我并没有告诉外公,我在田野里真的听到过那种呼叫声了。我害怕提起这件事,只要想一想,身上的汗毛会一根根竖起来。我也害怕说过了,大人就不让我在田野里游玩了。

一个人年岁越长,他关于童年的回忆就越多。并没有刻意去想,在生活正常行进的过程中,那些往昔的片段,会自动闪现,就像电影里突然出现的闪回镜头,但更有力,更细腻。那种感觉,像一束又一束阳光突破了乌云,猛烈地投射在大地上,将这一片、那一片的景物照得无比清晰,每一片草叶的脉络,每一只草间蚂蚱的跃动轨迹,都鲜明地显现眼前。

很快,名为遗忘的云烟,又飘移了过来,将一切重新笼罩在它的荫翳里。

在睡眠迟迟不至的夜晚,在紧闭的眼睑下面,在人到中年的焦虑心绪中,外公外婆家的房子,一次又一次出现在那明亮的阳光下。

那是拥有着几百年历史的老屋子。两层砖木结构,白墙黑瓦,立有木雕小兽的檐角高翘,坡形屋顶,布满鱼鳞状的瓦片,瓦片上覆盖着灰绿色的瓦松,还有开黄花的"薄雪万年草"——细碎如星的小黄花可以从夏开到秋。积尘较厚的地方,比如檐角,偶尔会因鸟雀的停留而生出一棵杂树,营养不良的树,尽最大努力生长在那悬空的高处,像一个离群索居的人。喧嚣的黄昏,它被夕阳与天空刻下优美而无奈的剪影。

冬天,雪压上屋顶。太阳出来,雪融化,黝黑的瓦片映衬一处处苍白的残雪,冬日洁净而凛冽。又一夜过去,屋檐下忽然有了犬牙交错的冰挂。我们把它们敲下来,在被大人喝止之前,像咬冰糖一样快乐地小口地啃咬着——啊,是甜的!

这样的老屋,一进又一进,连绵占据了老街的南北。每一进之间被深窄的巷道隔开。巷道不容二人并肩,但走在其中,亦半天不曾遇到人,只有自己的脚步声紧随身后。阳光直射不进来,偶尔仰头往上看,在高而厚的两面墙壁之间,刀劈斧削一般,是一道狭长蓝天。

那是青砖的墙，墙缝里涂着灰泥，灰泥被风蚀掉了，露出来的孔隙，是一种体型极大的黄蜂居所。我们常常在它傍晚归巢时伏击它，用小竹签小心地按住它的屁股，先把头拽掉，然后拆下它腹部的蜜囊——吸吮那一点点蜜汁。我们这些不生疏于自然界的孩子，对自然界的野物，有亲近迷恋，也自有一种漫不经心的残忍。

每一进，都有七八间房屋，住着三四户人家。土改时镇上大户人家被充公了房产，又按人头平均地分给了各家各户。我爷爷奶奶家的房子被分掉了，奶奶去世之后爷爷栖身于粮站的一间宿舍里。我外公外婆则分到了两间房子加一个阁楼。将这些无论出身最终谐和聚居在一起的家庭串联起来的，是一个个天井和一条条弄堂。

天井很小，地面铺盖大块青石板。无论晴雨，有濡濡湿气不散。进出口处砌有青石台阶，台阶被踩成玉一般光滑。青苔悄悄摸摸从台阶两头往上不懈地爬……四个墙角的砖缝里，都有蕨类在生长，绿暗沉沉的、轻盈的叶子……蜗牛停在那里，一动不动。

有的天井里，真的有一口井。有的天井里，种着一棵肥大的芭蕉树。有的天井里，有花，沿墙根放着的泥瓦花盆里，种有秋海棠、兰草。

天井里有人在洗衣，坐在井栏边，棒槌大力敲打水盆里的衣物，打出了很远处的回声。有人搬出桌椅吃饭,捧着饭碗到处走,聊谈,骂小孩,有人从屋檐下哗地泼出一桶污水,另一个人敏捷地跳开,"狗日的,吓死老子!"

狗卧着,摇它的尾巴。一只黄花猫轻悄悄地从墙头走过去。一只灰鸽子飞起来。

塑料凉鞋的底,踩在地面上"啪哒"乱响,我们目不斜视走过去。"陈爹爹家那两个双胞子回来了。""哪个是大双,哪个是小双?""小双瘦一点吧。"

"你们爸爸妈妈可回来了?"

"没有!"

作为镇上唯一的一对双胞胎,我们姐妹俩还是有一点知名度的。能够无需大人陪伴,自己坐车回到镇上,我们也深感自豪。

从县城到小镇,十五公里的路程,坐"三蹦子"车,最多半小时就能到吧,那时候却觉得是段很了不起的距离了。

啪哒,啪哒,我们走过一扇又一扇油褐色的木门,还有同色的木窗,门窗上都雕有粗朴的吉祥图案,向着一个个天井与一条条弄堂开放着。

我们一路走过去,跨过一条条的高门槛。镇上老屋,都自带一条被鞋底磨得光滑油亮,又布满刻痕缺口的高而窄的木门槛,每年被门槛绊倒，磕掉门牙、摔破膝盖的小孩子不知其数。

我们跨进最后一道高门槛，欢喜地大叫一声："爹爹！奶奶！"还没有看到人影我们就笃定地大叫了，因为笃足地知道，他们就在那里呀，从我们睁眼来到世界，他们就在那里了。

在那时，我们唤"外公外婆"为"爹爹"和"奶奶"。本来按风俗要叫"家公家婆"的，但爷爷奶奶去世太早，所以对爷爷奶奶的称呼挪过来了。

在外公外婆老屋的屋檐下，我们镇日无事可做。电视机还没普及到小镇上来。暑假作业不想做，小人书看腻了，然而我们从来也没有闲着。

在我们个子还很矮小的童年，仅仅是在屋子里走来走去，都具备探险的意味，每个角落似乎都藏着秘密。外婆住的那间屋子，在夏天也只能照进小半壁的阳光。它总是阴凉安静的，宽大的雕花木床悬挂着白纱的蚊帐，风从窗台吹进来，掀鼓着纱帐，床里面就显得格外幽深。

我很喜欢那张床，床上总有一股中药香加皂香。夏天则添了凉席的竹子气味。床里侧有小柜子，柜子上有带铜拉手的小抽屉，可以放毛巾、手帕之类。

床下有木头的脚踏板。睡觉时，鞋脱下来，放在脚踏板上。早晨起来，先在脚踏板上穿好鞋。我必要"咚咚"响地跳上几跳，才肯走下地来。

我有时梦见自己又走进了这间屋子，看到了这张床，房间里的一切。阳光从右侧的窗户浅照而入，窗边挂着年历，白纸黑字分明。洗脸架、衣箱、米缸、长板凳，墙根靠立着的木浴盆……床背后的红漆马桶，看不见但我知道它在。我看到了放我自己换洗衣物的蓝色牛仔布小背包，还搁在床头柜上。我闻到了熟悉的近似于伤感的味道——夏日午睡醒来时，那种莫名让人情绪低沉的味道。

我在床沿坐了下来，等着，听着外面的动静，外公外婆在做什么呢？

"他们已经过世了呀。"一个细小的声音从梦的缝隙里挤进来。

"没有，房子还在这里，人就还在的。"我反驳。

而且这是梦啊，梦才不会被世界改变。关于梦境我太有经验了，我坚定地坐在那儿，果然，外婆踮着小脚走路的声音从外面的堂屋传来了——

"奶奶你去哪了？"

"在你刘奶奶家打小牌呀。"外婆笑眯眯地，在堂屋的八仙桌上摊开花手帕，露出一分两分的硬币，一毛两毛的票子。她们几个老太太每到午饭后就凑在一起打"叶子牌"，细长的棕黑纸牌，印着古怪的白色图案，被手指抚摩得边缘毛糙了，她们庄重地坐着，出牌谨慎，偶尔陷入长考。

她们穿斜襟的黑或蓝布褂子，胸口披着手帕，发髻用头油抿得纹丝不乱，夏天，空气里萦绕白兰花与茉莉花的香气，这些白色的香花，被簪在她们的发髻上。冬天，每人脚下踩一个红泥脚炉，大都是包过又放开了的半大小脚，穿着自制的千层底棉鞋，伶仃地架在那小小的、炭火潜燃的暖脚炉上……

"奶奶你把脚炉给我一下嘛！"一转眼又是冬天了，我一个劲儿地推着外婆的胳膊。

"给你，给你，烦死人的小丫头。"

"嘻嘻。"

"慢点儿，别把火星爆出来了。"

我们围着脚炉蹲着，头抵头，把圆溜溜的荸荠埋进火灰里去。

"你别塞了，塞不下了！"

"就一个。"

"讨厌，火弄灭了都怪你噢。"

"你才讨厌。"

"奶奶，她又推我！"

冬天没什么水果可吃，但在老屋的屋脊之下，有这么两种果子：

板栗和荸荠。荸荠我们叫它"土栗果子"，这种植物通常被种在水稻田的边埂。密密麻麻的细叶尖而秀，第一次见到的人会误认它作麦苗。初冬稻子割了，田里的水浅了，就看到有人卷了裤腿，赤了脚，在那里细细地踩，踩到了土栗果子，弯腰捡出来，扔进背篓。灵巧的人，可以用脚掌把果子抓起来，做个金鸡独立，再从脚上把果子传到手里。

土栗果子在腊月上市，大竹篮装着满满一篮子，用长的铁钩高悬在屋梁上。旁边一个竹篮里盛着板栗。隔几天，拿下来筛一筛，检视有未生虫或发霉。

两种果子慢慢地风干。土栗果子皮皱着，可以用指甲轻易撕掉，果肉失去了部分水分，却变得特别鲜甜。风干了的板栗，外壳坍缩了，油皮打皱了，果肉变小了，变软韧了，可是好甜啊……我们生剥着吃，塞进炭火里煨熟着吃，可以一直吃到过年，每一天的果子都比前一天多甜一点。

童年的日子，就像噙在唇齿间的清甜的果子，吃完一个，还有一个，都在手边上。篮子渐渐可见地浅了，心里还是无限地笃定着，以为永远不会吃完……到底是吃完了。

童年的事情，却一年比一年变得清晰，头脑中那只记忆的篮子，一点点地又盛满了。

在外婆的睡房与待客堂屋之间，有个很小的拐角，放着一把木梯。

每天我都会踩着那木梯，飞速地爬到楼上去。楼上的木地板一踩"咯吱"响，闻到老木料腐朽的气味，也有新鲜木材的清香。楼上西北角有个小储藏间，里面码着外公劈好的柴火。还有一捆捆犹披松针枯叶的干树枝。用脚踢一踢，从柴火里就滚出个把栎树果子与松果来。栎树的果子是长卵形，深褐色，戴着一顶精巧的灰白色小帽子。在地上一滚能滚好远，不知又掉进哪个地板缝里去了。松果总是轻飘飘的，干燥而空乏，剥不到一颗松子。"一定是被松鼠吃掉了吧！"我们说。我们没见过活的松鼠是什么样子，但对这种小动物已经很亲切了。外公说的故事我们都会背了——

外公说在黄山，他捡到一只从树上掉下来的小松鼠。小松鼠伤好以后，就不走了，白天它自己在屋前屋后玩，晚上挑夫们回来，它从纷沓的大脚丫之间蹿跳过来，跳上外公的脚背，顺着裤腿一路攀上去像攀一棵松树，蹲在外公的肩头上，把大尾巴在外公的脸上扫来扫去。它吃外公碗里的饭，也吃青菜和肉片，吃工友们掷过来的花生，站直身子，小爪子一把捞住……它跟外公一头睡觉，睡觉时用尾巴盖住自己。它好喜欢和人玩，一点不害怕这些吵闹的、精壮的男人。有一天，一个不小心，它被人踩死了。外公在松树下刨了个坑，把它埋葬了。

"真可怜啊……"无论听第几遍，我们都会倒吸凉气，发出叹息。

然后睁大眼睛，盯住外公短汗衫外面仍然肌肉结实的肩膀，想象有一只小松鼠捧着小爪子站在那儿。

这个阁楼上，还放着许多日常不用的杂物，书本、旧衣服、鸡毛毽子、绣花绷子……是母亲和小姨从前做女儿时留在家里的东西。我们坐在地上，一件一件翻出来查看。

没有上锁的小木箱，里面有旧的黑白照片，整齐地叠着许多信件，字迹都很好看，远远超过我的蟹爬字。信的内容是严肃的、琐碎的，无法令人发生兴趣，信封上贴着的旧邮票是我心动的："工农学大寨""毛主席语录"，画着植物、建筑、做体操小人、跳舞古装美女的美丽小纸片，我已经开始集邮了，但我从未敢把它们撕下来。"不是自己家的东西不许拿，大人没叫你拿的东西不许拿"——不仅是一直被这样严厉训诫着的原因，从家中的旧物上，散发出一种令人敬畏的神秘气息。你看，它们在我们出生之前就存在了，在那些日子里，父母们年轻得像陌生人，他们迎着照相机展露出洁白的牙齿，认真地笑着，那笑容是面向未来的，然而那个未来里，看不到一点儿"我们"将要存在的痕迹……

注视这些旧物让我感到眩晕。在那新旧木料气息交糅的阁楼上，在流转光影里，在窗外隐隐的蝉嘶鸡啼声中，时间开始向我显现出它的魔力与凶险。从此我再也没有摆脱过它。它曾经借由一种情欲的激烈与抑郁，在青春的高远天空投下滚滚闷雷。而我永远记得，在二十八岁那年的一个冬夜，它现身为夜色中一只小小潜兽，有雪亮的牙齿和黑漆的眼珠，蹑随K歌晚归的我。我在防盗门前掏出钥匙，忽然肌肤战栗，感受到那种芒刺在背，恍然明白了它是什么。如今，它成长为无形巨物，在每个焦虑不能入眠的夜晚撕咬我。

我的长辈们，早就被它经过了，俘获了。

夏天吃过晚饭，外婆冲澡，我拿着毛巾帮她擦背。外婆松弛的皮肤上散布有老人斑。外婆的皮肤幽凉。她让我擦得再用力一些，她把毛巾绞得干干的反手递给我。冬天，我睡在外婆的脚头梗，充当暖脚的角色。小孩子火力旺，入睡得也快，一觉睡到大天亮。

大门、二门、卧室门，一道道闩上了。灯光泯灭，门外是整个的黑沉沉的夜。偶尔起夜，重回床上后半睡半醒的时光，是我最莫名胆怯的时刻。夜色浓重如一块巨墨。偶尔远远几声犬吠，如吠在人紧绷的神经上，又偶尔有急促的脚步声，唰唰地经过，近得好像就在窗户底下，墙根边上。最怕是有雨，雨声风声使夜动荡，风雨中总有凄厉的鸟叫声一掠而过——"是九头鸟"！

九头鸟有九个头，还有一个头被砍掉了，总是往下滴着血。九头鸟一下雨就要飞出来,在天上找不睡觉的小孩子,把他的魂吃掉!

快睡觉,快睡觉!我把头埋进枕头里,耳朵竖起来,听见了外婆在对面的呼吸声,外面屋子传过来外公打呼的声音,姐姐的磨牙声……快睡觉!快睡觉!睡意涌上来,一切又陷入亘古洪荒。

远远的一声鸡啼。很快,又是一声。远远近近各处的鸡都叫起来了。小镇在大地上醒过来了。

"咚咚咚",早起的人迈着有力的步子,大声地说着话经过了。窗台下有人刷牙漱口,嘹亮地清嗓子。三轮小推车的车辘辘声由远而近又远去了,自行车铃铛响,鸡鸭鹅叫唤,小猪仔哼哼……

初醒的小镇是慵懒的,温存的,像一床盖了很多年的旧被子,人在里面伸懒腰,蹬腿,打哈欠,被子扯歪了,滑落了,清晨的凉气漫进来了……

人们离开了老屋子,来到了麻石条铺成的街上。小镇上只有一条主街,从前街到后街,两三里长。街上的石板,据说是在明洪武年间就铺下来的,被一代代人的步履打磨,逢到下雨落雪,一步一滑。我常常故意用胶鞋的鞋底在上面蹭着,张开双臂,堪堪惊险地滑跃来去。

早上五六点钟开始,整条街变成了一个菜市场。附近的农人都把菜挑来了,就卸在街道两侧。新鲜水灵的一切应时蔬菜、禽蛋鱼肉、各色农具、竹篾制品、瓦陶瓷器，春天有一筐筐小鸡仔小鸭仔，夏天有栀子花、白兰花，秋天有菱角、毛栗、鲜藕，冬天有土栗果子，这些都是让小孩子们也能产生兴味的。

街上唯一的那家老茶馆，也开了门。沉重的木门板，一块一块被放下，炸油条的大锅支在门口，柴灶生起来，淡青色的黎明里，只见火光熠熠，炸油条的人围了长围裙，卷起了袖口，抖擞精神，下手如飞——油条卖得供不应求，还有糍糕、馓子、麻团、狮子头……

跟在外公后头，抬腿跨进茶馆的门槛，眼前不由一黑，然后是一片温暖的白雾茫茫，水蒸气从柜台那头弥漫过来，一屋子的人都面目不清，只闻喧哗嘈杂。一溜长柜台后面，就紧挨着灶台，灶台上一锅一锅的竹蒸笼，蒸着包子、米饺。米饺——以糯米与籼米的粉揉皮，肉糜、豆干丁、山芋淀粉勾芡为馅，做成极白胖富态的小饺子，上桌前，大方地淋上一小勺热猪油。热烈地冒着米香、油香、肉香的小饺子，入口滑腻丰软，极不好消化，故常配以浓茶。

高身白底青花的大茶壶起落，浅口茶碗中热气荡荡，一张张八仙桌不知承接了多少年月油烟，又被抹布勤拂拭，桌面已起了包浆。长条木板凳两端多有豁口。这种长板凳，如果是两个人并头坐着，这头的人起身要打招呼，否则另一头的人猝不及防，会连着板凳一屁股栽到地上去。

仰头望去,黢黑的梁木隐现在水蒸气的白雾里。外公掏出皱巴巴的手帕给我抹嘴。"吃好了自己回去喽。""噢。"

跳下板凳,我看见,早晨的阳光已经从街上过来了,它大方地越过门槛,跟在客人的屁股后面进了门。在门槛后的地面上伸展开金亮的一片身躯。那种高门槛对于我们小孩子一直是不友好的,而阳光无所谓,阳光无所不至。中午,阳光透过每家每户屋顶的明瓦降落下来,东一道西一道的光柱,灰尘于其中起舞,这景象我百看不厌,越看越着迷。那时的我尚年幼,不知眼前这一切都将消逝,成为有生之年永远的回忆。

镇上的老头子们,打年轻时便在茶馆里吃点心、喝茶,风雨无阻,雷打不动。我外公长年位列其中,端着他心爱的小紫砂茶壶——我爸从宜兴给他买的。

老头们天上地下,无所不知,声如洪钟,脸红脖子粗。等到他们也踱出门来,已是日上中天,街上人散了,菜农们回了乡,街面清扫过。临街的各色铺子:杂货店、布店、中药铺子、铁匠铺子、理发店……俱已开张,外加粮站、供销社、邮政局、医院,按部就班,已足够满足所有居民的日常。

"××——家来吃饭喽——"悠长的呼声像船桨划过湖面,留下的波纹令人心中微觉寂寥。午饭的炊烟从各家屋顶升起,袅袅化入碧蓝的天空。墙根屋角，花草艳艳地开。这样的日子，日复一日。

这个小镇据说有长达千年的历史。一千年来，它都没怎么变化过。直到时间进入二十一世纪。

时间进入二十一世纪，小镇消失了。我并不想回顾那个经过，叙说某个缘由，在这土地上有千千万万个无声消失的小镇，它只是其中的一个。

就如小人鱼的灵魂碎裂成了海浪中的泡沫，怎么能知道哪一颗瞬息蒸发的泡沫是她？当树林被成片砍伐，鸟儿也无意再盘旋寻找去年做窠的那棵树木。玉绳暗转，流年偷换，不争朝夕。外公的紫砂小茶壶，后来在与外婆吵架时，被摔碎了。他们也先后去世了。和我的爷爷奶奶一样，他们安息在镇外几公里处的坟山上。山上坟头累累，和外公一起泡茶馆的老头们，大都住在那里了。前后左右都是街坊熟人，月白风清之夜，应是不寂寞。

消失了的小镇还完好无缺地存在于我的梦里。消失了的人依旧安详地居住在梦中的小镇，在那长街上，老屋里，恍如地久天长——"所有离开我们的都将进入我们的血液，跟随我们再活一次，直到我们死去。"有一句话是这么说的。

"真奇怪，现在的木槿花也不是朝开夕落了。"

"是吗？"

"是的啊，我老家的木槿花，都是早上开，晚上落，第二天开出的都是新的。这样还能一直开啊开，树上都是花苞。"

"哦。"

"木槿花还有个名字叫朝颜，就是这样来的。"

"朝颜？不是牵牛花吗？"

"不，在那个之前，木槿也被叫过朝颜的。"

"这样子……"

"大概也是被园艺改进过的吧。"

从前的木槿花确实是一日一荣的。"槿花一朝梦"，日本人有这样的诗句。白居易有一首诗则是这样的："泰山不要欺毫末，颜子无心羡老彭。松树千年终是朽，槿花一日自为荣。何须恋世常忧死，亦莫嫌身漫厌生。生去死来都是幻，幻人哀乐系何情。"

"所以呢？"

"什么？"

"所以你到底想说什么啊？"

"没什么啦！"

清明时节雨纷纷

怕路上堵,我们赶在清明前一天去上了祖坟。祖坟在老家小镇外头的山上。外公外婆在一边,爷爷奶奶在另一边,两亲家隔了一座小山包。

这一片山头,这几年都被私人承包,开了林场、果园、养鸡场、砖瓦厂。去年路边上还是大片的香樟,翠叶如盖,今年就换了盛开如锦的晚樱。总之城里面要流行什么,他们就种什么。

很快的,就找不到路了。把车开过一条泥泞的小路,冲到了一户人家的屋门口,一个黑瘦的中年男人,细长眼睛,高颧骨,皱纹深刻,长着典型的本地脸,出门来大喝一声:"你们找哪个?"他脚下的两条土狗也一起警惕地盯过来。

"找——祖坟!"我们也大喝一声。两下里都好笑起来。都觉得这事情极搞笑,我们老家有句俗话,叫"找不着坟包乱磕头",原来真有这回事,古人不我欺也!人一笑,狗就拼命地摇尾巴。

今年的映山红开得很好,比往年都好。一路上的林子里面,到处都是。大家欢欣鼓舞的,采了好大的一捆,到了地方,就连店里买的菊花一起,都供在了坟前。映山红分了三把,一把给外婆,一把给奶奶,老爷子们没份。一把,带回家。供品是些糕点水果,白酒。酒泼在土里。糕点水果在做完祭拜后,还照样带回去,免得留下来招虫蚊。

来来回回,都是阴湿的天气。一树桃花从一间老破无人的矮屋后头,斜斜地伸出来,车子正好从花底下过,花枝敲打着车窗,乱红如雨,车里的人不禁"哎哟"一声,觉得好惋惜。前挡风玻璃上湿漉漉地黏了几片花瓣,像没洗干净的颜料碟上残留的几点胭脂。

我姐揪了一朵映山红塞给我。我下意识塞进嘴里:"好酸!"

"不嫌脏!"我妈在后座看到了,又开始叫唤,"从小就喜欢吃这种东西,怎么讲都不听,现在都多大了,还吃!"

"哎呀,有什么关系,下雨嘛,都冲干净了。"父亲一如既往地唱反调。

"雨水就干净了？"母亲一如既往地掉转矛头，"这是生水，有多脏你不知道吗？女孩子尤其不能淋雨，小时候我们淋一点雨，被妈妈都骂死了，她这吃下去还得了？"

"好好，就你们女的讲究多。算我错了。"

"什么叫算你错了，你本来就错了！"

"别吵啦！"虽然语气不耐烦，但我心里是很高兴的。很多年后，居然还有这样的一刻，我们恍惚又回到了小时候的春天，也是这样一路吵闹着去踏青。

小时候，清明节对于我们就是踏青节，是春游节。那时我们住在离外公外婆的镇子十五公里外的县城。县城繁华，被四郊乡村人都唤作"城关"。做一个"城关人"，在大人那里，是件很荣耀的事。而于小孩子，倒是乡下、山里更有魅力。

清明到了，菜花黄了，李花白了，到处都有花在开了。我上学的那条路上两边开满了嫩黄的小花，五瓣的花，小得不到指甲盖大。常常走几步就要蹲下来看，衷心地觉得可爱，并不想去摘它。学校后门附近，田里的红花草全长出来了，像紫色的一团云。红花草到了日子，就要用犁翻到泥里，田里放上水，就可以插水稻秧苗了。桃花、油菜花都开到最盛了，荠菜也开出细碎的白花，开了花的荠菜就老了，不能再挑来包饺子吃了。

大河湾里，水势涨上来了。春水漫漫，到处都有鸟叫。

小孩子的心里都火急火燎，盼着春游，盼着去爬山，盼着到山上去采映山红。

县城之西有山。山是一座好山，山上长着许多树。山里有溪涧，有瀑布。三四月里，春游的人一茬茬地从山里面回来，骑车的，步行的，人的手里、自行车篮子里，都晃动着一束束鲜亮的映山红。九十月里，山里出果子：山里红、野葡萄、毛栗子，都有人用竹篮子提着，到学校门口来卖。入冬时候，挑松茅担子的人从山里下来。县城人大多用上煤炉了，但柴灶还是有人烧的。干松茅烧出的大锅米饭香，到了年边上，熬糖、蒸米糕、做炒米，也还废不了那口积年的老灶台。

那担子压得极实沉，两头如山，中间藏着一个黑瘦沉默的男人。担子一颤一悠，与城里人擦肩而过，还透着青皮的松柏枝子，唰唰地在地上拖，带来一股清新神秘香气。偶尔滚落一两只松果在地上，小孩子们便扑上去捡，抠松子儿，抠不动，就用石头砸，砸扁了，才发现就是个空的。

果子、柴火，到时候自然会有人带到城里来。要采映山红，却只能春游的时候，自己进山去。

映山红没有叶子，只有硬枝条，蓬蓬的，盛开亮煞眼的花。用搪瓷水杯或者空的罐头瓶子盛水养上。艳粉、明黄的花朵，衬以白纱钩织的桌布,就是一个最富于八十年代风情的"美"字。于我们小女孩,美不美不知道,重点是在一个"吃"字上,趁大人不注意,就揪那花瓣塞嘴里,一股悠悠的梅酸味儿。

红的映山红能吃,黄的不能,都说有毒,但也没人勇于尝试过。

终于盼到了日子。清明节当天是不放假的,都是选一个周末,晴天最好,下雨也凑合,春天的雨不会很大。一家人,或者邻居、同事几家一起,浩浩荡荡,有骑车,有步行,骑自行车的在前面一路摁车铃,没完没了,步行的在后面,就呱叽连篇地讲话,笑着骂前面的车:"小狗日的'勺道'(方言,'显摆'的意思),看掉到沟里去!"

走个十几分钟,便出了城,就看见了连绵的油菜花田。农人的瓦舍泥屋散布,有七八家聚成小村落的,也有单门独户的。家家门前、屋后,都开着桃花,或李花、杏花。花树遥望极绚丽,又极安静。土狗沿着田埂,颠儿颠地跑过来,望着人只是吠。"去!去!喝!"男人们便负起驱赶威吓的职责。小孩子都紧拽着大人的衣襟,战战兢兢地走,有胆子大的,从大人身后把头伸出来,向着狗吐口水,跺脚,扮鬼脸:"来呀来呀,狗,打死你!"

在山脚下寄存过了自行车,再往前就全是山路,贴着山壁在野草与灌木丛中开出一条黄泥细沙的小路,路边时有大石嶙峋,遇到狭窄之处,还得手脚并用。小孩子最高兴走这种路。个个拿出浑身解数,在石头上跳来跳去,一会儿朝前跑,一会儿蹿回来,身轻如燕。见到有水,必要过去探探有无鱼虾小蟹可捉,见到好大的石头,必要爬上去金鸡独立,有好爬的树,又必要上树,一争高低。

"彭飞!谁叫你爬树的,下来!裤子撕坏了回家把你皮揭掉!"

"琳琳啊,不要走草窠里,有蛇。"

"小二子,小三子,再打架给老子滚回去!"

"你,就不能好好走路吗,哪里还有一点女孩样子?"

我妈那时候才三十来岁,但她膝盖那时就有了炎症,很怕爬山路,这时候已经走得满脸通红,一头的汗了。她站在山路平坦的地方,叉着腰,喘着气,怒视着趴在山壁大石上像一只大壁虎的我。

"你管她呢,小孩子活泼好动是天性。"

"你这说的什么话,有你这样当爸的吗?"

"我又怎么了!"

"跟你这种人讲不清道理……"

"你好好讲嘛,你不讲我怎么明白……"

又挑起了家庭矛盾的小崽子们无知无觉,欢呼着奔向下一个竞赛目标:一棵歪脖子树,或一处宽水沟。男孩子嘴里还呐喊着:"冲啊,占领最高地!""消灭每一个敌人!""向我开炮!"

这一天，再凶恶的家长也不作兴打孩子。实在看不下去，赶过去，揪着衣领从树杈上、石头缝里把小东西一个个薅下来。

到了一处叫"大石板"的地方，春游告一段落。这是一处铺满巨大平滑花岗岩的山涧，往上走个几十米到顶，是个不大不小的瀑布，瀑布冲到一个小潭里，得到了休息，镇定从容地往下面流淌。变成了清浅的涧水。

男人们互相打烟，卷起裤腿，席地而坐，继续一路上的谈论。女人们掏出手帕擦汗，从包里拿出梳子梳头，梳好自己的又抓住女儿来梳，男孩子们也逃不掉，被揪住检查衣服、鞋袜、手、脸。然后把网兜、提篮、布袋里的干粮水果卸下来，互相礼让。水果只有一种——肉质松而面的"黄金帅"，好看，但并不算好吃。干粮计有：馒头、包子、烙饼、发糕、蒿子粑粑、麻团、烧饼、炒米、五香蛋……最奢华的是一摞用油纸包裹、细麻绳扎捆着的鸡蛋糕。当然，面包是没有的，那玩意太洋，还要过些年，才能出现在小城人的生活里。

金黄且美味的鸡蛋糕，此时也不能引发我们多大兴趣。不拘什么，胡乱包了一嘴，奋力咀嚼着，碎屑从齿缝之间喷出来，又接过水壶拼命灌上几口，袖子一抹嘴，就各处跑开了。男孩子一般是继续他们的野战，女孩子也有参战的，但大多数还是更热衷于采摘，这时手中都已握了大把的野花了，便坐在平坦石头上整理。山里野花多，叫不出名目。吸引我们的是那些最亮眼的品种。除了红色与黄色的映山红，还有枝条似映山红，但花瓣浓紫纤巧的闹鱼花，都是美丽而易折取的。也有人在路上偷折了人家的桃花枝条，花瓣在跑动中零落了，此刻显出憔悴的样子。也有人在细心地编柳条儿花环。

"照相了，照相了！"

大人小孩又聚拢到一起来。有相机的人家很少，通常是几家共用一只，还是从单位借来的。相机在握的那位，上下左右地乱蹿，指挥大家站好，笑！自己扎马步、爬石头，前俯后仰，各处找角度，好几次差点滑到水里面去。总算站定了，"咔嚓"连摁几张。大伙儿松口气，刚要活动手脚，他又把相机放到鼻子底下左右端详，独自诧异起来，忽然面皮一红，一挥手："都别动，再等会儿！""别又是忘了上胶卷吧！""您老到底行不行，别把胶卷曝光了！""哎，浪费我的表情。""是不是没倒好带？我来看看！"好几家的男人都围上去了。女人们抓紧时间再次梳头，拉衣摆，系纱巾，抓回跑走的小孩子。

胶卷照完了。大家一起完成了重大任务一般，满足中带点遗憾地慢慢走散开，叹气，回味。照相的那位赌咒发誓，受了天大侮辱般的，一个劲儿要大家相信自己的技术，保证人人都在相片上头，一个没少，而且，都不缺胳膊少腿！

大家取笑一通，便收拾东西，准备回去了。大部分人马都沿原路返回。但总有个别人家余勇可嘉，眼看他们一家人不分老幼，都翻山越岭，钻林过草地，往更深的山里去了——据说山里有更大的瀑布，更多的映山红，还有许多茶田，风景极美。每次我都艳羡地引颈回望，每次都被恐吓了——"山里有野猪！野猪长嘴拱起人来可厉害了！"

"那野猪不会咬他们吗？"

"会呀，要是碰到野猪他们就完了……山里还有豺狼，豺狼专门喜欢拖走小孩子。"

"哦……"那山间的几个小人影已经看不见了，只剩下满眼密密的绿树，山后面还有一叠叠的山，山头飘动着似烟似雾的淡淡白气，山风吹过来，寂静中似乎夹杂了一些古怪的声响……我不禁打了个寒战，山里，还是很可怕的啊！对那家人的艳羡悄悄地更深了——他们是去冒险了呀！

然则，每年他们都好端端地回来了，并没有遇上野猪，也没有被狼拖走个把。我们全家也都离开了老家。很多年后，我再一次走进了山里，还是那座山，路修得好了，水泥混凝土的盘山公路一直修进去，车子一路开到最高峰又蜿蜒而下，经过波平如镜的水库，看了好几道小时候未曾见识到的瀑布，穿过种满茶树的山谷，风景，也谈不上有多好。

山没有那么高了，水只是普通的水。

那时春游路上，还总被父母、姨叔们不厌其烦地抓住"考试"，每次题目都不晓得换换——"那首写清明节的诗怎么背的呀？"

"清明时节雨纷纷，路上行人欲断魂，借问酒家何处有？牧童遥指杏花村！"

"嗯，还不错，那谁写的你知道吗？"

"唐代著名诗人——杜牧！"被他们烦得直翻白眼。

去年清明节，倒是个大晴天，正午的太阳照得人头脑发烫，我们也是在累累坟包中张皇地找自家祖坟。坟山上人来人往，黑色的纸钱灰烬从各个坟头飞出来，风也大，吹得火苗腾跃吞卷，又担心把坟边的草木点着了，草草祭拜了事。我妈站在坟前叹口气说："我们这一代人还记得来上坟，等我们也不在了，也就只能算了。"

"又说这些干吗呢，人生好多事都想不到的。把每一天都过好就行了。"我爸很顺手地端出他一辈子擅长的鸡汤。

"说说不行吗？要你管。"我妈拿纸巾擤鼻子，又瞪他。

"那些人在找什么？"做完清明的人们，并没有急着下山，三三两两地在坟山上溜达，探头探脑在草丛里找着什么。不时弯个腰。

"啊，是蕨菜！他们在采蕨菜呢。"

"还真的是……这儿就有……地上有好多。还嫩着呢。"

"塑料袋呢?把东西腾腾,空两个塑料袋出来。"我妈当机立断地指挥起来。

"不好吧,毕竟是在坟山上……"

"哪有那么多忌讳,大家不都在采吗,哟,这一根,长得真好!"

除了摇着头,踱到背风处抽烟的我爸,大家都奋勇地干起活来了。"这根有点老了,你瞧,先用手掐它一下。""小心脚底下,别绊着了。"

"等等……坟头上就不要去采了!"

后记:

今年回老家去做清明。毫无意外地,又迷路了。在漫山的灌木与杂草中,一个坟头一个坟头地寻找熟悉的名字。从九点转到十一点,从多云转到阳光普照,一身汗,感觉要中暑了。我妈绝望中打电话给在北京的小姨,小姨说你要喊一喊:"奶奶,我们来看你们了,请给指个路吧!"上次他们回来也是找不着,一喊,立刻找到了。我妈试着喊了几声,果然,不到一分钟,找着了!而且,连在林子里乱钻时弄丢的供花,也奇迹般地出现在我们脚下了。

我忽然想到,如果老人家真的会显灵,那这坟山上,指不定有多少我们瞧不见的老头老太太啊,都抱着胳膊蹲在自家坟头上,指指点点:"哟,这谁家糊涂孩子啊,绕山都转三圈了!""我看看,这模子依稀有点像上街头老何家那大的,好多年没见到啦,胖得不敢认!哎——何老,出来认认!""不必了!我家那个,我们活着时候都不回,现在,更别想!"

今天,没有挖蕨菜了,但是在山脚林子里采了很多的鼠曲草,准备回家做青团吃。

另外有一件奇迹般的事情,我妈找到了五十多年前,她经常走过的那座桥。她常常在工地上帮外公挑沙,做完当天的"小工"后,就顺着桥头下去,沿着河埂往前走,走过她上学的中学,再走回家。桥基还是旧的,桥面现在铺了水泥。桥下的那条河埂,仍然是黄泥路的。"跟从前一模一样!"只不过,原来河埂的另一面,是一片稻田,现在,已经修成一个小公园了,种满了碧桃。

河对岸,叫"柳树湾"的地方,仍然种着无数垂柳。河水很清。据说,这就是小镇从前作为千年水陆码头时的水运故道。

我们什么时候开始谈到家乡的食物

我们这一代人,少时纷纷离开家乡,离开暮气沉沉、人情复杂的小城,离开父母守旧思维的约束,离开七大姑八大姨的唇舌,离开童年,往大城市、大地方走。留给家乡一个背影。对家乡的体谅,达成和解,是需要很多年月去酝酿的事,而且往往从食欲开始。

老家小城在皖之西南,长江北岸,饮食习惯偏南方口味。种两季水稻,一日三餐吃米饭。还用大米磨粉,做出各种副食。其一是米面,是用粳米粉制成的面条,其外观与口感,都和小麦粉做成的面条很不一样。

米面的外表是有点"烒"的。灰白色、筷子粗细的长条,几十条紧密地压在一起，呈平板状，干硬结实，边缘粗粝，抡起来用于打架颇具杀伤力。

如果今天晚上想吃米面，那早上就要开始准备了。把那一块平板扔进热水里浸上，浸到下午，水已混浊，伸手一探，着手滑溜且有弹性，捞出来看看，已经散成一根根了，颜色也变成温柔的米白色，可以下锅了。

锅里已经煮好了猪骨汤或老母鸡汤。猪是本地刚毛黑猪，鸡是走地鸡。

那时候，家家养鸡。白天鸡在屋头院后闲逛，吃完食盆里的米糠，又到路上啄草籽、找虫子。几只鸡为一条蚯蚓战得飞沙走石。过一会儿，又尽弃前嫌，嘀嘀哝哝地走到一起去。抢食的总是母鸡，公鸡不屑如此。公鸡护卫领土，跟别家公鸡斗殴，闲下来则四面巡视，看人一副降尊纡贵的派头。

晚上鸡回窝。一个接一个，翅膀往后夹，脑袋往前一点，双脚并拢，蹦进鸡笼里去。我家的鸡笼是用红砖抹了石灰砌的一间小房子，挪两块木板把房门掩上，里面便有一阵轻微的骚动，拍翅膀的声音、"咕咕""咕咕"轻柔的鸣叫声："对不住踩到您老脚了""劳驾尾巴挪开一点好吧"……大概是交流着这一类的话。很快就安静了。鸡上笼之后，天色很快也就昏暗了。我坐在写作业的桌前往窗外看，对面的楼顶、屋檐、树梢、路上寥寥行人，都融入了暗黑里，只余一条路的形象，一线灰白，弯绕着伸向远处。

灯光四处亮起来，《新闻联播》的声音响起来——也不过是从寥寥几处传来，如投石入水，暮色起了涟漪。有电视机的家庭还不多。黑白十四英寸的电视，在回忆深处忽闪着雪花屏。我看见一个小小的身影，飞快地穿过昏暗的储藏间、走廊，一头扎进悬着白炽灯的客厅里，在大人们的旁边嬉闹，坐下。

一边是"鸡栖于埘，羊牛下来"的农业社会残余气息，一边是无限便利、机械化、喧闹的当代社会，那时的人们，生活在二者的转折地带，怡然不觉，对过去未来都一无所察。

那时候我们养鸡都是从小鸡雏时就养起。阳春三月，用篾筐挑了小鸡小鸭的人街巷中游走，左边一筐小鸡，右边一筐小鸭。小鸡小鸭幼嫩的叫声，离得很远就飘过来，像一团柔和的云朵。主妇们招手唤他们过来，很快这一带的主妇就都聚拢来了，蹲在篾筐周围好一番挑拣。"公的？不要。""这个像是母的。"买鸡的多，买鸭的少。鸭子大一点要下水，要赶，麻烦。几双手熟练地抓起小鸡，翻看指爪、嘴、屁股和脑袋，每人都有辨别公母的独门之秘，然而似乎也不很管用。毛茸茸满地乱滚的黄色小球，长出成羽后一看，照样是大出人之所料。

小公鸡刚会打鸣,就被杀了吃掉,只留一两只用于配种。小公鸡,我们叫它"笋公鸡",每年中秋节,按习惯,大家饭桌上总要有一道"板栗烧笋鸡"。"笋公鸡"红烧来吃,肉质细嫩,板栗则软糯甘香。这道菜的美味,是实打实的,并非来自"记忆的力量"或"乡情的思念",就算端到现在的饭桌上,再挑剔的食客,也挑不出什么不是。

小母鸡被继续养着,图它下蛋。虽说物质匮乏,鸡蛋总是有一些的。谁家新养了孩子,便要提一篮染得通红的"喜蛋",挨门挨户分赠。过年家家都卤一大锅"元宝蛋",也就是五香茶叶蛋,自吃兼待客。

长到三四年以上,下蛋渐稀的母鸡才会舍得杀它。鸡叫唤得无限惊惶,母亲捏牢它的膀子,父亲拎刀随后,母亲咬牙把鸡按到地上,一边口里念叨:"小鸡小鸡你别怪,你是人间一道菜。今年早早去,明年早早来。"这句话据说是从外婆那里传来的。随后的场景不堪回想,总之一阵地道的鸡飞狗跳之后,最终以凶杀案般的凄惨告终。两位凶手未及逃跑就被抓获,惊惶地呆立现场。后来就尽量请邻居帮忙或干脆到菜市找人代杀鸡了。

老母鸡汤的颜色是澄黄的,又很清洌,表面漂有一粒粒油珠。下过米面,母亲还会扔几茎小青菜和香菇进去。盛到碗里,面少而汤宽,菜叶碧绿,香菇黑圆玲珑,载沉载浮。洁白的米面窝盘在碗底,入嘴爽滑,简直不需要驱动筷子,就一根根自动溜进嘴里了。

米面本身没什么味道,完全靠汤养起来。除了盐之外基本不再下任何调味。吃米面的晚上,饭桌上也没什么菜了,只有一两碟咸菜,咸蛋黄、酸白菜、腌豆角之类。这种搭配是很恰当的,也很提神。一碗谷与肉的丰厚,眼看就要富贵沉沦了,得了这点乡气朴素的咸鲜、脆刮,陡又精神旺健,仿佛又变回了清白门户,踏踏实实的耕读人家。

另外一种富有本地特色的米粉制品,是丰糕。用米粉发酵蒸制而成。用的也是粳米。江浙人喜用糯米做糕团,但糯米黏腻难消化,丰糕就不存在这个问题。

过年的时候,才有丰糕可吃。城里有专门的丰糕作坊,腊月里开张,营业到正月过完。过完正月就且待明年了,丰糕出笼,是玉白色磨盘也似的一大坨,点缀红绿丝,糕体上密布有绵密的气孔……过了很多年再回忆起来,倒让我联想起宫崎骏动画片里妖怪憨厚的大脸。

刚发出来的丰糕,暄软热腾,空口吃也很不错。但一般都是放在橱柜里,供过年这一段时间的早点与消夜之备。天冷,糕体回家就冻得铁硬。要吃的时候,便提菜刀斩一块下来,再分切成长方形薄片,放进平底锅去煎。开小火,放猪油——植物油当然可以,但一般都用猪油。

老家人极喜食猪油。素菜要用荤油炒，才觉得香。寻常打一个番茄鸡蛋汤，下一碗青菜面，起锅前也要放一勺白花花冻猪油才算完工。街头巷尾走时，经常有炼猪油的香气从人家门窗磅礴而出，带点焦煳气的肉香，厚沉沉的，似乎能把人口鼻都给糊住。炼完油剩下来的猪油渣，焦香酥脆，主妇们将它用白砂糖一拌，"当"的一声放到桌上，对着全家老小——"喏，吃吧！"

丰糕片在锅里翻过若干次身，吸净了油脂，最后劈头淋一点开水，盖上锅盖，焖干了便铲起来，两面都起了金黄微赤的焦壳，内层还是松软绵密的。用筷子把一头夹起来，整片糕横在空中微微颤动，是个很肉感的姿态。因为用了猪油，吃起来也似多了些肉感的丰饶，不同于素油的寡净。

我们在老家亲戚现在也不多了。大多数长辈，都已随儿女迁居到城市。我姨妈现在是和儿子住在北京。前年她回老家，特地从合肥过，往我家厨房里放下了一只十斤重的丰糕。那段日子我在赶稿子，睡得晚，夜里冷，空调又不给力，写到十二点，便到厨房里，煎七八片丰糕，端进房里来，一片片地用手拈着吃，吃完后心满意足，灌几口红茶，上床睡觉。

这些年，我还经常会弄几袋炒米来吃。这东西在长江中下游一带很常见。像合肥这样靠近中原的地方却是没有的。所以要么回老家买,要么靠万能的淘宝。安庆的糕点老字号"柏兆记"把连锁店开在合肥后,我就常去他家买。除了炒米,顺便还会捎上一两斤"墨子酥""麻油蛋糕",也都是他家的保留产品,甜、酥、软,舍得下料。墨子酥黑沉沉,几乎全是黑芝麻与油、糖,不像北方酥糖面粉加得多。麻油蛋糕湿润而有分量,麻油汪得要滴下来,隔着包装纸还摸得一手油。真是太不健康了。不知道除了我之外,还会有些什么人在买。

安庆离我老家尚有几十里路,民风虽近,物质上却是要高级多了。这些糕点,在我们小时候也是稀罕。父亲去安庆出差,偶尔带一两斤回来。

现在我吃这些,往往是在下午三四点,人最困乏的时候,配上极浓的普洱茶。只管将那细腻的甜香缓缓地抿入唇齿,沉入胃里,不计算热量超标,不去想焦虑的日常,不思量过去与未来。人生长恨欢娱少,时光如泄,下午茶时间却是难得的慢与轻逸,像掌心里留存的一点金沙。

说到茶点,炒米是可以作为待客点心,甚至代茶的。江苏人郑板桥在家书中说:"天寒地冻时,穷亲戚朋友到门,先泡一大碗炒米送手中,佐以酱姜一小碟,最是暖老温贫之具。"

另一个江苏人汪曾祺说:"炒米这东西实在说不上有什么好吃。家常预备,不过取其方便。用开水一泡,马上就可以吃。在没有什么东西好吃的时候,泡一碗,可代早晚茶。来了平常的客人,泡一碗,也算是点心。"

"用猪油煎两个嫩荷包蛋——我们那里叫作'蛋瘪子',抓一把炒米和在一起吃。这种食品是只有'惯宝宝'才能吃得到的。谁家要是老给孩子吃这种东西,街坊就会有议论的。"

我老家那边,且有一句话叫:"三个鸡蛋泡炒米",意为待客周到,实在没什么可挑剔的啦!三只荷包蛋相依相偎,白是雪白,黄是嫩黄,卧在清亮的糖水里,再撒厚厚一层灿黄的炒米。炒米乍入滚水,激起一阵粮食的焦香。这时的炒米松脆,入嘴嚼得沙沙响。这声音极可助长味觉。等水温下来了,炒米泡软了,就没有那种齿触间清脆的快乐了。但米粒软绵绵的略有嚼劲,连老人缺牙的嘴也可以磨得动了。确实老少皆宜。

三个鸡蛋泡炒米,主人用一个大的蓝边碗端上来,是在不留饭的情况下,待客的最高规格。客人在椅子上抬起屁股一个劲儿谦谢:"太多了,这么多哪里吃得掉。"四下找碗,要拨两只蛋下来,主人奋起阻扰,来往数个回合,总算达成共识:拨一只鸡蛋下来。这拨出来的一只鸡蛋,是留给主人家的小孩吃的。如果客人未履行这一套程式,直接吃了,背后少不得被目为"不懂事"。

我有时会用炒米泡面汤。清水挂面,几滴麻油,几根小青菜,略有些泛白的面汤上，浅浅撒一层炒米，就是金屑浮玉液了，底下的青菜叶就是翡翠——作为小门小户没见过世面的孩子，我很爱这样幻想着，喜滋滋，觉得发了大财一般，呼噜呼噜，把一碗面飞快地吃下去。

更丰盛的就是用鸡汤泡炒米了，那已经是到了它搭配的尽头了。炒米只是一种普通的食物，担不起更多的讲究。然而到底是粮食本色，也不会吃到腻味。

去年一年，我回了老家四次，除了做清明那次，都无必要目的，就是在各处走走，走到菜市，买一些米面、炒米之类。每次，母亲都嘱我要带几斤山芋粉。

山芋粉就是山芋淀粉。山芋也就是红薯。母亲指定要买那种颜色略"暗"一些，也就是色泽沉闷，不那么洁白的粉。说是未掺面粉，纯度更高。

母亲唠叨，买一次就要讲一次，讲她少女时帮家里"擦"山芋粉，是用一个铁制的菜刮子，把去皮山芋搓擦成碎屑。山芋圆滚滚的不好握取，略一失手，铁刮子就蹭破手掌上皮肤。擦完几十斤山芋粉，掌心血痕累累，她一边说着还倒吸凉气，好似还在疼着一样。

擦粉是第一道工序，接下来是"洗粉"，擦好的山芋屑放进清水里反复揉洗，水渐渐发白且混浊。然后把水过滤，静置，水底沉积的白色物质就是山芋淀粉了。倒去水，将淀粉晒干，收存。剩下的山芋渣，年成好就喂猪，年成不好，就拌上蔬菜、盐做成蒸饼吃。山芋渣饱含粗纤维，配上蔬菜，又有维生素，倒是很适合减肥瘦身的。只不知味道如何，跟母亲提过一次，她只摇头。老家地理位置不错，依山近水，土地宜农耕而水陆便利，居民勤快而个性圆滑，崇文，亦擅经商，历代只要太平，日子并不难过。寻常人家也能有些鱼肉禽蛋可食。只在二十世纪六十年代"三年自然灾害"间才狠狠挨过饿，何止喂猪的山芋渣，野草都掘之一空。母亲少女时代生逢此劫，每一提起便露出心有余悸的表情。

十斤山芋才出一斤粉。这样全凭手工制作山芋粉，是很累人的。所以山芋虽贱物，山芋粉却卖得贵，现在老家市场上好的粉要卖十块钱一斤。

用来做山芋粉的山芋，不是现在市场上流行的红心甜糯品种。用来做山芋粉的山芋，是白心而皮色灰黄的，熟食口味不佳：干燥、粗粝，一边咬一边掉粉渣，也不甜。这种出淀粉才多。

山芋粉用来"做芡"是极好的。不过，我家主要用它来烧猪肉。

山芋粉用温水和开，搅成糊状，粉糊中放入一点熟饭粒，可以减少些黏度，放一点葱花提香，下锅里用少许油炒熟，锅铲切块，晾起来。然后照常做红烧肉，只是最后一道焖煮的工序时，将炒好的粉块加入。收汁起锅。

略带一点金棕色焦壳的深褐色粉块，吸收了浓稠的肉汁，油光闪亮，肥嘟嘟地颤动着，入嘴细腻柔滑，真的是太好吃了，五花三层的红烧肉倒成了配角。就上白米饭，每次我都能吃到眉呆目滞，大脑运转不灵。饱食肥甘之乐，毫无愧怍之情。

山芋粉寡素，闻起来也无臭无味，这样烧制过以后，却会爆发出浓烈诱人的香气，简直像性冷淡的少妇突然被开发成火辣人妻。这中间产生了什么样的化学反应呢？虽然跟市场上常见的山芋粉条是同一种材质，但粉条压得太紧，吸收不了多少脂肪和油汤。所以用粉条来代替它是不行的。

老家饭店里，都有卖山芋粉烧肉这道菜，都没我家的好吃。做法是一样的，差距在材料上。除了用好的粉，母亲还总要走很长一段路，去一家大的露天菜市，买一家"大别山农家土猪肉"，比平常超市猪肉要贵一倍，肉质确实好一些，亦很少腥臊之气。做生意考虑到成本，大抵不能如此。

这道菜也是从外婆那里传下来的菜式。

看意大利的美食节目，每个家庭都有独门的佳肴秘籍，一代代从主妇的手里传下来，母亲传女儿，婆婆传媳妇，每一代人的生活方式不一样了，观念相差更远，但在饮食方面，想彻底断掉联系却难。

我以前并不以为母亲的家常菜好。她一直吃单位食堂，转业回老家后才开始学着做饭，一开始还因做饭手艺被来做客的同事嘲笑。我成年后在外面也纷纷地吃了各种馆子，各大菜系，异国之味，高档的低档的，也不知从什么时候起，发现自己越来越喜欢回家吃饭。而每次回家吃饭，母亲总会特意多添一两个我爱吃的菜，才又发现，桌上荤素搭配，凉拌小炒清蒸红烧，样样停当，且都滋味调和。她烧菜从不放味精，也不喜重油重盐，即使做大荤的菜，吃起来还是干净清爽的，吃得出本味。

我最喜欢吃她做的时蔬，嫩莴笋炒杏鲍菇、油焖瓠子、清炒茭白、糖醋辣椒瘪……每次都会吃成净坛使者，这些菜式很简单，就是家常菜，谈不上有多美味，却也只有在家里，才能吃得满意。外面饭店里，做这些菜，要么滥施油盐，爆炒煎炸，最后变成吃调料。要么又太精细高调，如《红楼梦》里做"茄鲞"，使出各种花式料理方法，辅以优雅摆盘，也有点让人食而不知其味。

母亲极爱干净，做菜细致，不紧不慢也不觉烦腻，电视一直开着，并不看。直到饭后，锅碗瓢盆都洗了，厨房也收拾了，才喝点水，坐下来打一局"祖玛"，或者调台看看电视有什么能看的。她爱看《动物世界》、农业节目还有美食栏目，对电视剧很挑剔，觉得大都无聊，不像父亲，每每看国产剧看得七情上脸，一个老理工男，追宫斗剧追得如醉如痴。

我回家有时帮母亲剥毛豆，包饺子。我包饺子速度快，也擅长捏包子与元宝馄饨，白案这方面她不如我。所以她每每买到了好的黑猪肉与新鲜大虾，便打电话跟我说，然后我放下手头事，一个劲儿跑过去，洗手开工。

黑猪肉已经剁成馅了，一边注凉水一边用筷子拼命搅，画圈朝一个方向搅，渐渐黏劲上足了，虾子剥好切小段，熟的嫩玉米粒，或切碎的荠菜、荸荠，至不济抓一把白菜叶，花椒油、生姜末、葱花、酱油、糖、盐、料酒、蚝油，统统入碗拌匀。我站在桌子边开始包馄饨，母亲摇着扇子，在旁边搬个小凳坐着开始絮叨，家里家外，电视上的，我小时候的，她小时候的，陈芝麻烂谷子的，这几年又添了微信上的段子，搞笑视频，她把手机伸过来，我就叉煞双手，凝目观瞧，果然都很好笑，就一起大笑起来。

有时候她搞忘了，把扇子冲我扇两下。"不要，冷！""哦，哦。不好意思。"母亲胖，一年倒有三季手头带把扇子，我却是畏寒。

"你一岁时候，没电风扇，夏天晚上我坐在蚊帐里，给你打了一晚上的扇子，打到天亮好容易你睡安稳了，我又要去上班。现在嫌我，忘恩负义的东西。"她笑着抱怨道。

我想起我上中学的时候，我们两个都性子急躁，她每天上下班还要回家急忙做饭,又碰上我学习不行性格怪僻,经常被气得破口大骂。想起有一年春节我从外地回来,突然在她满头乌黑中看见一缕白发时的心惊,想起我自己现在头上也有白头发冒出来了。

大概就是从这些时刻,一个人开始回忆起家乡,开始夸奖起家乡的食物来吧,尽管既非什么了不起的名城,也非什么不得了的美味。它们,只是让人渐渐想起了来时路。

小时候吃过很多奇怪的东西

小时候吃过很多奇怪的东西。本来都忘掉了,昨天跟朋友聊着聊着,一下子又想起来了!

"老鼠屎!"我们同时叫起来。那种黑乎乎的、一粒一粒的东西,吃着吧,酸甜苦涩咸,五味俱全,五味都不咋地,当年也没觉得多好吃,实在也是因为没什么东西可吃。

上网搜,查出来它大概是叫作"盐津枣"的一种蜜饯,用陈皮加各种调味料腌制而成。

为什么叫它"老鼠屎"呢?因为从大小到形状,你确实无法把它想象成别的什么东西——我们那个时代,什么都稀罕,唯老鼠不稀罕，家家户户，多少总有两三只的。老鼠屎也是窗台上、橱柜顶、米缸里常可发现的物事。

取譬于近，这算不错的了——我才知道，上海人原来是叫它"鼻头污"的，不洁中更添了两分亲切、八分猥琐。

总而言之，都被我们穷凶极恶地吃下去了。

"老鼠屎"装在透明、薄软的塑料盒子里。酸梅粉则是用很小的一个塑料袋包装着：褐黑的粉末，用袋子里自带的塑料勺舀着吃。这些小勺子捏在手里很轻软，勺柄被塑成各种造型：西游记人物、小动物、十八般兵器，以及米老鼠、唐老鸭等等。为了搜集勺子，我们一袋又一袋地买粉，一袋又一袋地吃着。

一袋酸梅粉可以吃很久。跷起兰花指，小勺子伸进去，平平地舀一小勺，送进嘴里，裹在舌尖上，用力一抿，粉就融化了，酸酸甜甜。就算在上课的时候，也不肯舍弃这种享受。老师在黑板上写字一转身，这位同学就迅速地塞一勺粉到嘴里，坐得端正，嘴巴关牢，舌头在享受，无人知道。

糖粑。裹着生面粉、雪白干净的糖粑，两分钱一小块，五分钱一大块。卖糖粑的人，蹲坐在校门口，膝前放一只铺了塑料布的竹篮子。糖粑们在里面卧成一堆雪山。

吮掉表层的面粉，露出里面的浅乳黄色。一口咬下去，邦邦硬，性子急能把牙给崩了。正确的吃法是用舔。用口水舔湿了它就软了，但谁也不舍得一整块地放进嘴里，要先从边上舔软一点点，然后用犬牙咬住，歪起脑袋，狗啃骨头一般地撕咬，双手还要同时抓紧糖粑，往外拉，拉出一长条晶晶亮的奶黄色糖线。经过这样一番奋斗，含在嘴里的那一小团香甜，更加令人快乐。

五分钱是大数目，一个人出不起。所以经常会看见两个小孩在路上拔河，后腿蹬地，后槽牙紧咬地在分割一块糖粑。那一块糖粑，被抻成了一根橡皮筋，越拉越长，越拉越稀薄，终于断成两半。于是各自欢呼一声，各自挥臂仰脖，伸长了嘴，去接那依旧飘在空中的一缕糖丝。

拉糖粑这件事很有讲究。越用力气的那个人，分到手的就越少。这就很考验两个小朋友的智商、情商，以及肢体协调能力了。真可谓"物虽微，其见深矣！"

糖粑是用麦芽糖做的。麦芽糖这东西，比普通白糖额外多出一股清甜的香。坏处呢，是黏，太他妈黏了，502胶似的！要做出这鬼玩意儿，非得有一把子大力气不可。为什么这样说呢，上次我买了一罐子麦芽糖，准备熬了再加牛奶、花生，做正流行的台式牛轧糖来着，结果，连手都被黏进锅子里去了。

牛屎糖就是牛屎色的、小小的方块糖，用简陋之极的油纸包着。

外婆从老家来看我，就从贴身的衣服里摸啊摸——她穿的是老式斜襟的藏青布褂子，没有口袋的那种，我一直不知道她是从哪里摸出来的。她摸出了一块布手帕，帕子里包着几块已经半融化的牛屎糖，满意地看着我一把塞进嘴里，甜！

牛屎糖据说是用甜菜汁熬出来的。那种简单的甜味，已经很能让小孩子满意了。小孩子的口味像老年人，爱甜软熟烂。所以外婆爱吃的东西，我通常也是喜欢吃的。所以我很喜欢外婆。

外婆脾气一日一日地变坏，在女儿家住不长。住一阵子就会大吵一架，就会负气而走。回三十里外的老屋去，跟外公继续住一块儿，继续三天打两头闹，闹狠了再回到女儿家来——"投靠"。她用布褂子的衣角，小心地擦拭着眼角，跟邻居们说，"嫌我吃闲饭，饭桌上女婿拖我碗，肉都不给吃。"天地良心！母亲气得扑出门外要去撞卡车，以示清白。

外婆生气又要出走，布褂子上下拍拍，像要拍落怨愤一般，胳膊肘里挽了一只蓝印花老布包裹，里面装着一应洗换衣衫。包过又放大了的小脚，一小步一小步地走远了。走几步，抬起胳膊肘抹一抹泪。有几缕白发从发髻上滑落，在脸畔飘。我呆头呆脑地看着，心里好难过，却完全不知道该怎么办。我不敢跟过去，她的那个背影，慢慢地，镂刻在我记忆里，成为对她最深的印象。

多年以后,她已经不在人间了。晚辈们聚在一起,恍然大悟地说起来:"那是老年痴呆的早期症状啊!"

"你说我们当时谁能懂呢。"

"是啊,县里医生都没听说过这个病。"

"这都是命啊。"

我听着,依然不知道该说什么。

冰糖不是奇怪的食物,但属于奢侈品。我对冰糖最早也最深的印象,是在老家那边老屋里。木头屋梁架得高,窗户也高,一进一进地深下去,一进一进地住着许多户人家。老屋里到夏天也还是阴凉的。敦厚而满布伤痕的木头门槛,经常把着急的小孩绊个跟头。门槛外面,是青石板铺的天井。天井里有水井,井边长着青苔和蕨类。

老屋里永远有一股子怪的气味。不难闻,但闻久了想打瞌睡。像木头,像草,像中药,像太阳晒过的丝绸,又像雨水淋湿的瓦。

在爷爷拥有的那间屋子里,冰糖放在华丽沉重的大玻璃罐里,一块一块的,晶晶亮,爷爷用它来招待小客人们。用长长的竹筷子,毫不吝惜地夹出最大的一块。这屋子拐拐角角里,会藏着什么宝贝吧?小客人两手捧着冰糖,一边珍惜地舔一边左顾右盼,一边想。

长辈们说,我是爷爷最喜欢的孙女,他总夸我是最乖的。可是现在,我已经不记得爷爷的相貌了。爷爷去世的那个夏天,我刚刚进入小学一年级。我只知道爷爷到县城里来了,住在山脚下的县医院。

县城算个小山城。我们家住在一个小山坡上。晚上,父亲不在家。母亲带着我们姐妹在堂屋里乘凉。大门是开着的,风隔着纱门吹进来,清凉的夜风。我们坐在竹床上,月亮的光,朗朗照在地上。

母亲回忆,说那天晚上,她惦着在医院里陪床的父亲,心里面没着没落。蚊香快点完了,她准备再拿一盘来。刚刚从凉床上起身,就听见院子里轰然一声,然后看见一棵树的影子倾斜过来,映在了纱窗上。

那棵树十分高大,枝繁叶茂,乌黑的树影压着纱窗,枝叶摇动的样子都非常清楚。"院子里的树倒了!"她恼火又吃惊地想着,顺手抄起蒲扇,开了门,走到院子里。

什么都没有。没有倒下来的树。窗台上也干净,一片树叶子也不见。她左看右看,突然想起来,院子里根本就没有种过树。此时此刻,月光沉沉如水,虫鸣在阶。母亲说:"我心里面真发毛,又惦记着你们,就想着赶紧回屋里吧。"

母亲没忘记在开纱门之前,先用蒲扇在门上扇几下,赶走蚊子。就在她推开门的瞬间,爬在凉床上的姐姐,望着她身后,欢喜地笑起来:"爹爹!"我们那边叫爷爷为"爹爹",外公则为"家公"。母亲说她赶紧回头,不,身后什么也没有。她的冷汗就下来了。

"爹爹在哪？"

"咦？"姐姐张大了她眯眯缝的小眼睛，四下里一找，噘起了嘴。

当夜的情况，据母亲回忆就是这样的。她说怕吓着小孩子，当时一声不敢吭。直到凌晨五点，等回来了父亲，等回了爷爷于昨晚九点半走掉了的消息。

这件事被当成灵异事件，在亲友中一次次重述。听得我都能倒背如流了。我不知道该不该相信，最初听到的时候，我甚至默然地吃起醋来——不是说，爷爷最喜欢的是我吗？为什么他最后道别的人，不是我，却是姐姐呢？

姐姐和我是双胞胎。一同来到世上，她因为先行一步，被医生用产钳夹到了脑袋，落下了智商残疾。从小，她没有我聪明，没有我乖巧，没有我能说会道，名义上是姐姐，实质上一直是妹妹的跟班——我爬墙上屋，她在底下放哨，我踏石过河，她是在河中心受阻于水，吓得哇哇大哭的那个角色。我是堂吉诃德，她是桑丘。她大概只有一点比我强，就是逢人便笑，开心地、认真地笑着，小时候是那样笑着，到今天还是会那样地笑着。她从来不知道什么是强颜欢笑，什么是应酬的笑，什么是含讥带讽的笑……

也许，现在的我想，正是因为如此，那一夜爷爷的灵魂——如果真的有灵魂存在，才会毫无顾忌地现身于她的眼前吧。

又一年的春天来了。学校的后山坡上,青草长出来了。嫩绿的草芽儿,一摇一摆地在风里。贪吃的小朋友们来了,猫着腰,熟练地找到一种茅草,剥开还未来得及抽花的穗子,绿衣撕脱,露出细白柔软的芯,吃的就是这个部位。嚼一嚼,微甜,清凉,娇软。再嚼一嚼,吐出棉絮一样的渣。

野蔷薇发出的嫩枝也能吃。趁它还没来得及长出硬刺,把淡水红色的外皮剥一剥就可以吃,脆嫩的,带微甜的水分。开小黄花的酢浆草,心形的叶子可食,酸唧唧的。"杠板归",吃它背面带细刺的三角形叶子,酸得比酢浆草带劲。"杠板归"的果子成熟了,是一串串蓝紫色、绛红色的小珠子,很美丽,吃到嘴里有点甜。

最好吃的野果,在春末夏初出来,熟了是紫红色,像许多珊瑚珠攒在一起。浑身带刺却最受欢迎,也爱长在小山坡上,去晚了就一粒也找不着了。我们那里叫它"人梦子"。后来我知道了,其实就是《三味书屋与百草园》里说的"覆盆子",就是刺莓。蔷薇科悬钩子属"空心泡"一组的植物。

还有一种叫"蛇梦子"。就是蛇莓,故老相传不能吃,有毒,有蛇爬过的。我大无畏地吃过几粒,并无异常,只是果子寡淡无味,松泡泡的,不值一吃。还有"灯笼果",红红黄黄甜丝丝的小果子,藏在灯笼样的外衣里。可惜产量太少了,很难找得到。很多年后,一个秋天的黄昏,我在北京的一个天街底下看到有人卖它,说是东北"姑娘果"。勾起了怀旧心,买了几斤回去。

秋天有野葡萄出来。野葡萄长在山里,据说藤蔓缠在大树上,寻常人等采它不到。但到了时令,学校门口总是有卖。黢黑精瘦的汉子或者圆胖而满脸带笑的妇女,提着竹篮子,坐在路边上。

这种果子,跟葡萄长得没什么两样,就是个头小了许多,溜圆紫黑的一串又一串,底下垫着一层层树叶与茅草。后来我看到日漫人物那种夸张的乌溜溜黑眼珠,就会想起小时候吃过的野葡萄。

味道呢,也就是葡萄的味道,但印象中,滋味似乎更为浓郁。也许浓缩就是精华,也许只是因为——真正的葡萄平时根本吃不着。总之这个东西,很让我心折,很让我雀跃。

五分钱只能买到一两,还要扣秤。好吃的孩子大都也傻,不计多寡,欢天喜地。有一次我找家里要了五毛钱去买。卖野葡萄的妇女只给了刚够捧在手心的一小把。旁边一个路人看不下去,特地走到边上来说:"你怎么不找人家小孩钱?"才算给我挽回了损失,免了回家一顿嘲笑。

秋天还可以吃草根。这种茅草喜欢长在沙质土地上,其根白净纤长有节,盘旋于地下,我们又挖又拽又掏,把它弄出来,用自来水洗一洗就吃,像吃甘蔗一样。好像作家鲍尔吉·原野也写到过他们的草原上也有这种草根——人们把草根挖走,在沙地上留下深深的洞,路过的马啊驴啊羊啊,就被陷进去别了腿。

挖草根的大日子,是在一年一度的校园运动会上。《运动员进行曲》响起来了,运动员们雄赳赳气昂昂上场了,闲人们就离开了学校,走进了田野,爬上了河堤……屁股朝天,两手不停,下死劲儿在地里面刨。大喇叭把运动会的口令声、评判声、加油声绵延不绝地送到耳边,大家的干劲更足了。

拐枣,这是一种很奇怪的东西,明明是树上结出来的吧,看上去又像树根,而且是生了根瘤的树根:黄棕色,疙疙瘩瘩,乱糟糟的,简直无法形容,像核辐射之后的产物。我们那边骂人长得丑且矮小,就会说:"长得跟拐枣似的!"但真是很好吃呀!一丝丝的甜蜜从口腔流过喉咙,口感比香蕉、苹果更沙而绵软,糖分多到黏手。这个产量也少,全城据说只有一棵,就在桐城中学里。

父亲少年时在桐中上学,经常爬上去摘的就是那一棵。桐中是我们那边的重点中学。我智商低又不用功,贪吃贪玩,没能做成父亲的校友。所以也无缘见识到那棵拐枣的真容。

我查了下拐枣的家谱:拉丁文名 Hovenia dulcis,鼠李科、枳椇属落叶乔木。别名万寿果、俅江枳椇、金钩梨、鸡爪子等等。也是好多年没吃过了。万能的淘宝应该能买得到,可也并不觉得非买不可。

留在回忆里也很好。

最后想起来了，还有一种不能不说的，"宝塔糖！"我们又同时大叫起来。

驱蛔虫的宝塔糖，白一圈粉一圈，颜色好，味道甜，所以小伙伴们总会偷吃它。家长也无所谓，难得喂药不用强行施灌呢。再说，谁家孩子肚子里能没几只蛔虫？没事打一打总是好的。真打出了又长又粗又大又白的蛔虫，还是很有成就感。有一次，刚到了学校，同桌就骄傲地告诉我，她的蛔虫太长了，她爸爸拿手去拽，拽了有半个小时呢，拽得全家人都在哇哇大叫，才拽出来了！

你这只咸鸭蛋

好多年以后,我才看到被剖成两半的咸鸭蛋,黄白分明,布在碟子里。

小时候,家里是这样吃咸鸭蛋的:扔进钢精锅,煮熟捞出来,扔进凉水。等不及凉,又抢出来,用两只手颠来盘去,伸出嘴"呼呼"地吹气。终于能拿得住了,大头朝下,照准那一小块略透明的留白处,在餐桌上磕出一个洞,然后,或大刀阔斧,或精雕细琢地——剥壳。

剥了外面的硬壳,里面还有一层软的白膜,细心的话,最后剥出的鸭蛋,是很完整的一只,肤白貌美,肌理柔润,托在手心,溜溜滑,还带点颤巍巍的弹性,很有诱惑力。

就这么囫囵整个的，放进已经放凉了、厚稠的白米粥里。筷子一夹，蛋白与蛋黄自行分离了。红是金红，白是腻白。

好鸭蛋就是好，饱满，蛋黄大个儿，蛋壳中留的空白很小。这在挑选生鸭蛋时就要用上学问。菜市场上，买蛋的人，都把蛋一个个地拿起来，先掂掂，再朝天照一照，才慎重地放进菜篮子里。

汪曾祺说他家乡高邮的鸭蛋，"质细而油多"。我那时看到，还很不以为然：天下鸭蛋不都是这样的吗？

其实不是的。

在老家时，咸鸭蛋通常是自己腌。后来买了太多的市售咸鸭蛋，才知道有些食物要好吃，确实非家办不可。记得那时每年腌蛋，蛋壳抹以粗的海盐，然后再裹上厚厚的一层本地山间的黄泥，泥里还要混以绞碎的稻草，好好的"白富美"，变成"土肥圆"，这样的一个个黄土疙瘩，放在挂了釉的瓷坛里头码好。坛口用布包边，塞紧。

这样的咸鸭蛋，到了时候，煮出来，每只里面都有结实的一坨蛋黄。

蛋黄太满了，揭开壳下的那层薄膜时，一不小心指甲会把它划破，红油溢出来，顺着指缝往下流，一直流到手腕，赶紧举起手，红油嗒地滴到地上，忍不住哎哟一声。再望着油汪汪的手肘，舔也不是，擦又不舍，感觉到了人生在世的两难。

有的人喜欢吃蛋黄，有的人喜欢吃蛋白。

我们姐妹都喜欢吃蛋黄，母亲喜欢吃蛋白。从小到大，蛋白总是自然地被扔到母亲碗里。上高中的时候，有一天，看了《青年文摘》上的亲情美文，顿生疑窦，也许，母亲其实是爱吃蛋黄的？悄悄观察了好久，发现，她是真不爱蛋黄，不仅不爱，而且嫌弃。

我以为，凡咸蛋黄为馅的点心，都好吃得要不得。且务必辅之以甜。比如说蛋黄外面包有一层甜豆沙，再外是微甜口的酥皮，一只完美的蛋黄月饼就达成了。咸甜这一对味觉上的矛盾，相当于红与绿在衣服上撞色，撞得好了，效果相当神奇。

身为蛋白派的母亲，对我这一套理论嗤之以鼻。她看到咸蛋黄月饼，不仅皱眉头，还情不自禁打个冷噤。

小时候，爱把咸蛋黄泡在白粥里，看它很慢地一点点渗开，想象那是纯净昂贵的赤金沙，顿时洋洋得意，好像当上了富人。咸鸭蛋不好佐饭，显得生硬了。但我有一种吃法，拿红烧肉汁浇在蛋黄上，肥沃就要到底。

汪曾祺还说他们那边吃咸鸭蛋，是用筷子在空头敲一个洞，再伸进去掏着吃。这好像是大多数人吃咸鸭蛋的吃法，这种吃法有个好处，蛋黄蛋白绞在一起，中和了口味上的平白与厚重，口感上层次也复杂微妙了。

咸蛋黄入菜。经常顶蟹黄的缸,比如蟹黄南瓜、蟹黄豆腐。与蛋白拆开分头用油炒了,合而盛盆上桌,称"赛螃蟹"。这种饮食上的小心思,有一种平民的狡黠可喜。

正宗大闸蟹难得。一只好咸鸭蛋,现在也难得。

咸鸭蛋总是在夏天吃。暑气初消,晚间饭桌上不可少的:白米粥、咸鸭蛋、腌萝卜、绿豆汤。饭后,切成一片一片月牙状的红瓤西瓜。

天气越热,蛋腌得越入味。不过端午节前后,已经可以拿出来吃了。这时候的咸鸭蛋还不够咸,可以空口吃。

到了农历五月五,家家小孩子都在脖子上挂一只以丝络系着的青皮咸鸭蛋,到处跑。跑累了把鸭蛋掏出来吃掉。

同为当红饰品的,还有用丝线穿起来的烀蚕豆,挂在脖子上,套上好几圈。这时的蚕豆体形最佳,雄赳赳如小壮士。轻轻一挤,豆粒便脱身而出,剩下的豆壳,可以当帽子,给手指头戴。一手戴五只。五个小人点头哈腰,登台作戏。

咦,真是好久远的事情了呢。

老家那边,对好歹不分,讲不进道理的人,称之为"咸鸭蛋"。"咸"字乡音通"韩"。有一次在家吃咸鸭蛋,蛋腌得好,多夸了两句,隔壁姓韩的主妇听见,冲过来吵了一架。

努力加餐饭

　　二十世纪八十年代的时候，大家上的都还是公厕。公厕是个挺热闹的交际场合。来来去去，家家户户大小事情都得到了充分交流。
　　完事了的那位，系好了裤带还不舍得走，站在蹲坑前头，能聊上好久，讲到隐秘之事，趋前俯首，把嘴巴送到蹲坑人的耳朵上去。上闻嘈嘈切切，下闻大珠小珠落玉盘，不辨香的臭的。忽然把头一拍，"瞧我这脑子，炉子上还炖着骨头汤呢！走了啊走了！"
　　那时候骨头汤还挺稀罕的，并不是家家都能炖得上。
　　到不到饭点，夹着旧报纸一头扎进来，里面那位闪目一瞧，熟人。
　　"吃了吗？"

"吃了，吃了！"

某几年，媒体上总嘲笑中国人见面就问"吃了吗"，连上厕所都不例外。大概就是九十年代初的事吧，经济搞活了，群众生活水平日渐提高，开始意识到"吃喝拉撒"四字，前面两个和后面两个，上面的跟下面的，牵扯在一块儿不太合适。

单元房、卫生间、抽水马桶，也就那时候开始普及的。

公厕失宠了，公厕交际式微了，公厕再见。

街上饭店也开多了，请客吃饭都不在家里了。

有一种鄙乡原风景，就很难再看到了。

从前在老家，一到饭点，总能看到一撮人在当街拉扯，大喊大叫，却并不是打架，而是在留客。

"天还早嘛，吃了晌午饭再走！""不吃不吃，家里有事情！""有什么要紧事能耽误吃饭？吃过再讲。""不行不行，哪好意思叫你们麻烦！""瞎讲话，饭都做好了，现成的，也没什么好的，吃个意思，你不吃你是嫌弃我们了！"

"真不是，下次吧！"

客人拔脚便跑，主人一把拖住，嘬牙花围笑的几个，也拦腰抱腿地过来，客人一直被拖进屋里了，犹不甘心，用两只手攀住门沿，或把一条腿拖在外头拼死别住门框，做最后的挣扎。

饭菜果然早烧好了,客人高谈阔论时候就烧好了。主妇快手快脚地端上桌,八仙桌子端到屋子中间来,椅凳摆开,照例又一番扭打。主人请客上座,客坚决不上,客无论胖瘦,此时都滑似泥鳅,才按倒在位子上,屁股一抬就滑脱掉,还要使一招小擒拿手,反拽住其他人往主座上拖……终于还是客随主便地坐定了。客人一头叹气,抱怨,一头突然发现了个新鲜玩意:

"咦,叫小伢们也坐上来吃嘛!"

"小伢们上什么桌,惯的呢!"一边说,一边朝旁边盘旋着的小伢们狠瞪一眼。

小孩子不上桌,等客人下桌才吃点剩菜。剩菜也比平日伙食好,这等待和挨瞪,都是值得的。

现在的小朋友,不仅饭局可列席,而且是席间焦点,菜来先尝,饮料独占,父母效牛马走,客人绞尽脑汁地逗笑奉承。待遇真是不一样了。

主妇大都上桌,只是坐不牢稳,这是主妇的战场。主妇眼明手快,布菜及时,添酒稳准狠,饭也务必给你填饱——客人碗里略一露底,便绕到身后,一扬手,"啪",一大坨米饭稳稳进碗。一桌子若有四五个客人,简直是目送飞鸿,手挥五弦。

不到半场,客人便纷纷以手护碗口求饶,腿脚利索的,就抱碗而走:"求求您老人家了,真够了,再吃,就要撑死了!"

"老人家"——是家乡人对他人最高级别尊称。求人办事时,老头子冲着二十岁小姑娘一口一个"老人家"也是常事。用在同辈之间,则往往有揶揄或无奈之意。

男主人一张脸红酡酡,只顾痴笑,主妇意气风发,一手持饭瓢,一手撕扯客人,总要缠斗良久,才能欣然作罢。

如果客人有带礼物来,则饭后又有一场对抗赛,可助消化。客人要留下礼物,主人不收,从门里一直打到门外,礼物像击鼓传花一样被扔来扔去。

"拿走,下次再搞这么客气就不要来我家了!"

"没什么好东西,给小伢们随便吃吃。"

客人急了,东西空地上一扔,撒腿就跑。或者一把塞到站在旁边观战的小伢们手里——小伢们半推半就地抱着,心如小鹿撞,拿眼拼命瞅父母的脸色。然而胜负已分,大人们只是笑吟吟地在那里依次述别:

"慢点走!下回有空再来!"

"好的,好的,你们不要送了,赶紧回去吧!"

规矩是,要看不到客人身影了,大家才回家,关门,一一检视礼物:"这带的什么东西? 哟,这小橘子还怪黄的,不知道可酸,呐,拿去拿去,就知道吃！拿一个就行了。糖果不许动,我给你们收着,慢慢吃。咦,这酒还不错,留着送人吧,马上端午节了……"

身为山区人的家乡人,嗓门个个顶大,这一整套流程走下来,喉咙都有点哑了,端起搪瓷缸猛灌几口冷茶。

方言里有一个动词"拉",专门形容这一套几推几让,好比禅让与劝进的程序。有假拉,也有真拉,无论真假,都要做到位。做不到位就是不通礼数,要被另一方背后念叨多少年。

最讲究这套礼数,每逢与人交际,必要躬行不倦把对方累得连呼"您老人家"才罢手的人,叫"善做弯子"。

我小姨就是善做弯子的人。

来我家里吃饭,什么菜都不吃,米饭只吃一小碗,一个劲说够了够了！我妈瞪眼说,"你够个屁！"碗抢过去,抢起饭瓢,一大瓢饭,抄起勺子,一个菜舀一勺,统统扣在饭头上,"我还不知道你？吃！"

小姨就把脸扭向墙壁,像被逼到绝路的一只小动物："真是的,每次都逼人吃这么多……"终于捏起筷子,慢条斯理地吃了起来。

"我小姨是不是真的胃口小吃不下？"有一次我问我妈。

"你听她的！做弯子呗！以前跟她出去做客,回来她都要到厨房泡锅巴,饿的！不像我就是个老实头,人家给什么吃什么,哪像她那么多讲究。"

"不过以前人太穷，不讲究也不行。"我妈说，比如从前，她年轻时候，那时人家过年待贵客，端上一碗鸡腿面，鸡腿上系一根红绳子。客人见了便知，只将面条吃了，鸡腿却是不能碰的。主人再三请也不碰，这个鸡腿要留给下个客人。直到抗不过自然规律，鸡腿真的不能放了，再放要坏了，才把红绳子解掉。

"呕，那还能吃吗！""怎么不能吃，你们是没经过一九六〇年，草根都能吃！那时候我……"

不管"三年自然灾害"经念过多少次，总要她念起来，我才会想起来——直到我们的上一代人，都还是挨过饿的。

中国饥荒年多，农业社会，一代代下来，百姓没挨过饿的年头终是少的。民以食为天，怕挨饿的潜意识一代代流传，公厕问膳，实乃人情之至。人际中招待对方一顿好吃喝，确实也是一番隆重的盛情。对方亦觉欠了大人情，所以尽力推辞，几来几往，便有了仪式感，便有了一整套待人接物的规矩礼数。

从我们这代人起，算是没挨过什么饿了。

我小时一点饿都没挨过，因为是双职工家庭，比同龄人生活条件还略微好一点。但不知为何，在吃的上面，还是十分贪心。俗话说的"眼孔比胃口大"，自己一个人做饭还好，知道量。到外面吃饭，就一味贪多，要么最后打包，要么吃到鼓腹而游。请客吃饭更是紧缩银根也要大方张罗，最怕的是桌上菜不够吃，怕客人没吃饱，没吃好。

当然也受不了节俭的人请客，一桌子十个八个人，围住三两碟菜，饿得只能拼命喝免费茶水，主人还一个劲地让："吃啊！吃啊！"

吃个鬼。委屈得眼泪都要流下来了。

这年头谁还缺一顿饭呢？明明知道，饭局，并不是为了吃饭而存在的。可是，还是希望能和朋友们在一起，老老实实，平平淡淡地，吃一顿好滋味的饭。

很喜欢看电视剧里日本人吃饭，吃饭之前，先握起手，郑重地道一声："我开动啦！"这个时候我就忍不住在想象中做一个吞口水的动作，一种面对食物的原始喜悦，蓬勃地发生了。

《小森林》里年轻的女孩，一个人守在和妈妈曾经住过的乡下屋子里，一丝不苟地做各种吃食，安静认真地吃，每次看这些镜头，都会想起《古诗十九首》里的几句诗："思君令人老，岁月忽已晚。弃捐勿复道，努力加餐饭。"千回百转，千丝万缕，唯有加餐饭而已。

《古诗十九首》里，讲的全是人情常事。匹夫匹妇，在天地间茫然无依，渺小身姿，慨然长叹之态，却有恒久的人性之光芒，纯粹的诗性之美。因为只讲"生而为人"这一件事，所以恒久，纯粹。

生而为人，虽是偶然，却也并不是能轻言放弃的。不管怎么样，都要好好地过日子呀!

平时总讲要健康饮食,三餐规律,少进油盐。一走到我妈家那边,坐下来就情不自禁大鱼大肉,开放着吃——因为我妈做菜比我实在好吃太多。正餐之外,又是饼干糕点、瓜子、开心果、水果、酸奶……从进门,吃到出门,放心地做一坨沙发土豆。

偶尔不打招呼自来,正巧赶上饭点,才发现,他们平时吃得简单,也是知道我要来,才会弄一大桌菜。

我在外面,碰到觉得好吃的东西,就多买一点,带到他们那边去。看到他们吃了,也说好吃,就很高兴。

舒城路有一家无为板鸭,大概是全城最美味的一家。鸭是麻鸭,瘦实有劲,用茶叶熏过,入嘴茶香袅袅。官亭路上有一家生煎包不错,是苏扬风味。本地老字号刘鸿盛的肉烧饼,胜在肉多油大,我爸爱吃。我妈则爱吃榴梿。街市上有出了比较好吃的榴梿比萨、榴梿芝士千层、榴梿蛋挞,我便买了带过去。

横穿城东西向,十几公里的路程,公交车最快一个小时零十五分。地铁则是四十五分钟。拎着一袋子食物,心里很安定。

我们家人不擅长表达感情,交流往往靠吼。外人往往以为在吵架。也确实经常吵,代沟放在那里,价值观人生观大不同。时政观点更是南辕北辙,不能谈,一谈便如开批斗会。吵,但吵完了也就完了——再一肚子气,也不留到上桌子吃饭的时候。吃饭时候生气,伤胃,伤身体!

载酒买花年少事

"五一"假期,和母亲去北京参加姨父的葬礼。

五月二日,在八宝山排队等着接骨灰。广场上散落着等待中的人群。太阳穿过云层,阳光普照大地。斜对面一群人中,肃容黑衣的中年女士,一个激灵,将手中的遗像高高举起,挡住了脸和半个身子。遗像足够大,正面向外,是位头发花白的胖老先生。老先生笑容可掬,像是在为临走还能为家人留一点儿"余荫"而开心。

临出殡仪馆大门的时候,我在地上捡到了一枚样式古怪的铁钱,正要细看,一位年纪大的亲戚挤过来,一把打落,"呸!""这是什么东西?"大家讪笑,皱眉,只是不说。后来我自己在网上查了查,大概是某些地方习俗,给死人的压口钱。

我跟姨父其实隔了一层。感情不算深厚。深感情的是我小姨和小姨的儿子,我表弟。

我自小儿是小姨的跟屁虫,我出世时,她还是青春少女。她没结婚,却母性泛滥,带着我百般逗弄,教我唱歌。唱"长亭外,古道边,芳草碧连天"。唱"莫愁湖边走,春光满枝头,花儿含羞笑,碧水也温柔……"一句句,一遍遍教。很多年后,我发现自己五音不全,唱任何歌都走调。唯独这两首,居然句句还都在调子上。可以想见小姨当年的辛苦。

她住单位宿舍,单位在离家十几里的小镇子上,出门三四百米,四面都是野地,都是山坡,荒草蔓蔓。晚上,窗户外面野风呼号,疑似狼嚎。我不知害怕,非要跟她过去住。

她那小小的宿舍,在我记忆中,窗台上有玻璃罐头瓶,插着野花。桌子上放着最新一期的《小说月报》。墙上贴着电影里孔雀公主的年画。公主的裙子艳色炫目。午睡时间,我往往躺在床上,对之凝望,望着,不知不觉,就沉入热烘烘黑沉沉的睡眠中去了。

我生了痱子,小姨拿来痱子粉给我扑。粉装在一个美丽的扁圆形纸盒子里,柔软的粉扑,一下一下按在身上,雪白的粉,纷纷扬扬地飘荡,浓香袭人。我用手指去抹降落在小肚皮上的粉,心里充满茫然的、无以名之的快乐。

她嫁过去以后,因为性子温软,心思偏又敏感细腻,受了不少婆家有意无意的气。和姨父那头的亲戚,便是淡淡的,

左手牵她儿子,右手牵我,大家一起去春游。她曼声长吟:"左牵黄,右擎苍——"然后拿眼斜我一下,我听出来了,高兴得哇哇大叫,直拍胸脯:"我是苍,我是苍!"指着表弟,"他是黄!"

我觉得当苍鹰,比当黄狗,肯定要帅气得多。"什么黄?什么黄?"才上幼儿园的表弟不明所以,我得意扬扬地说:"大黄狗呀,说的就是你!"他气得一头扎过来咬我。

表弟从小长得好看,堪称美丽,皮肤像他爸,雪白。五官像他妈,大眼睛,长睫毛,精致的嘴唇总是认真地抿住,就算很高兴的时候,也有点像在赌气。

表弟每年都到我家住几个月。上学了,暑假也来我家过。那一片左右邻居的女孩子,都喜欢逗弄他,偷出妈妈的丝巾包在他头上,眉心用春联纸染出一点红,嘴唇也染了,活脱脱一个《西游记》里的玉兔精。我们抚掌大乐,他也乐,抢着拿镜子要照,甚是自得。

他胆子小,睡觉必要人陪,哪怕大白天。而且定要抱住人身上的一部分:胳膊,腿,或者头和脖子。睡着了也不撒手,大热天的,简直把陪睡的人抱到窒息。

有一次，不知为什么，大概是被逗狠了，他生了气。扬言要回自己家去。他家离我家，不多不少，三十里公路。我妈说："你要回自己家，我们都没空，没有人送你。"

"那我自己回去。"他意志已坚，口放狂言。"那你自己回去好了。这可是你自己要走的，回去别说是我们赶你。"

"我要把我东西都带走。""好好，都带走。"我妈真的收拾了他的小衣服、小鞋子，他过去，一股脑儿抱起来，往外便走。头也没回，真是气得狠了。

我妈悄悄拿眼示意我，叫我别出声，又蹑手蹑脚趴在门上往外看。

我家门前，是一条巷子，出了门，往左走，是去车站的路。我们一溜排从上到下三个脑袋伸出去，歪着脖子往左看，他一个小小的身影，抱着一包衣物，先是走得坚决，再走着，就犹疑了，缓慢了。忽然鞋子从怀里掉下来，他去捡，一条小短裤又掉地上了。捡了半天，终于重新抱好了，人却站住不走了，在那里似乎要回头看的样子。

我们赶紧把脑袋缩回来。把门掩上。拼命地忍住笑。一小会儿，门上有轻轻的响动，我妈憋着气，将门打开，装作很意外的样子，看着在门口俯首不语的他："怎么啦？不是回家了吗？"

"我没钱。"

"哦！忘了把车票钱给你了……喏，钱拿着。"

他接了钱,还是犹豫,终于一咬牙,羞愤地自承:"我不认得路。"

"啊,不认得路,那怎么办呢?"

他不语,脚在地下一点一蹭,怀里抱的一堆又要滑下来了,赶紧往回一搂,眼皮子垂下,黑又亮的长睫毛扑闪,渐渐地便聚起了泪,大颗的、滚圆的泪珠,颤然欲坠。

"那不走了吧?你老人家大人大量,就搁我们这儿还住一住,好不好?咦?……不哭了,不哭了,跟你开玩笑的呢,傻小伢,快进来!"

这事儿,后来每次说起,我们都大乐,但表弟自己不记得了。那年他六岁。

我也到小姨家住。

那年暑假,我十五岁了。自行车骑得很溜了。表弟才刚刚学。我骑车带了他,到放假后空无一人的镇中学操场上,教他。

他骑,我在后面扶。一开始,他死活不让我撒手,稍一松手,鬼哭狼嚎。到后来,慢慢熟习了,我在后面悄悄放了手,他也不觉得,一头劲往前骑,我在后面拼命地忍住笑。他这时已经抽条儿了,身材从圆胖变成了细瘦,但脑袋还是大,看他弓腰骗腿,奋力骑在那辆老式的二八大杠自行车上,活像一只伶仃的蜻蜓。

那天太阳应该是很晒,很热。大中午,操场上除了我们没有别人。一地的荒草,都有些缺水奄奄的样子。夯土的地面,被我们跑得尘烟阵起。蝉声一片接着一片,风吹着我的花裙子鼓起来。换了现在,便是墨镜太阳伞防晒霜全副武装,也不肯在那大太阳下多待一秒钟。但人在少年时,谁又曾惧阳光酷烈。

那一年之后,我家远走外地,和小姨这头,便少了联系。

十几年过去了。直到表弟在北京上大学,我那时到北京探朋友,才顺路去探他。是冬天,天黑得早,下午五点多,路灯已亮,人影绰绰。他刚毕业,在找工作,跟同学合租在极小的房子里。带我进门,便说要做饭给我吃,蹲在地上,叮叮当当拨弄一堆看起来颇齐全的锅碗家伙。我看着他那纤细凸起的肩胛骨,有点心酸,把他拽起来说:"做个啥,到外面去,我请你吃馆子。"

我们在小饭店吃饭,我想起来,就拍他肩膀,摸他的头,真心地叹息:"怎么长成这样儿了,小时候那么好看!"他只笑,半晌,嘟哝一句,"姐姐,男人要那么好看干什么。"

他工了作,结了婚,买了房,生了孩儿。小姨和姨父,退了休,便兴冲冲过去,乐呵呵带孙女。小姨和姨父,吵嘴了半辈子,这时候却成了老来伴,一个买菜送娃,一个洗衣打扫,分工合作,行云流水。闲时出街逛逛,赏赏花,拍拍照,发发微信。一切都刚刚好的时候,姨父忽然就没了。

这次见表弟,他更瘦了。只是神色镇定,从头到尾,该办的事情,该招待的客人，该尽的习俗礼仪，样样妥帖。

顺顺当当，纹丝不乱地，终于迎来了亲友团的最后一次聚餐。聚完就该陆续踏上回程了。表弟与他来帮忙的朋友同事，也总算可以搬张凳子挤到饭桌边，扒口热饭了。

大家都放了松。姨父的两位哥哥，也是多年没见，白首重逢，已经哄然地斗起酒来，坐在我身边的一对堂兄妹——姨父的两位侄子侄女，用冒泡的可乐碰着杯，快活地摇晃着椅子，三十来岁的人，此刻像回到了童年相聚的时光。

北京烤鸭上来了，这家饭店以烤鸭闻名，服务员甫一介绍，大伙儿纷涌而上。

我视维护身材大过天，天又热，没动筷子。后来，就看见小姨隔着一张大圆桌，遥遥地在对面朝我打手势，大睁着被眼泪沤得通红的眼，用心用力地冲我使眼色。"啥？"我莫名其妙。"吃啊！你吃烤鸭！"她终于扬声喊了起来。

散了场，我妈又急着来问我："你小姨问你怎么了，不是喜欢吃烤鸭吗，怎么今天一口都没吃，她往你这边推了几次转盘，你都不动……全给他们抢掉了！"

住了一宿，三号，表弟送我和我妈到火车站。

时间不多了，表弟非要再找个地方，坐下来喝点东西，聊一聊。

火车站里人山人海，好容易找到一家星巴克，为了谁付账，我们还没进门，就先行抢让起来，这一折腾，剩的时间更少了。我才想起来，车票还没兑换，便说算了吧，等下次有时间。

我兑换了车票回来，表弟搂着我妈，他现在比我妈高出太多了。和我妈两个人的眼圈都红着。我妈说："帮我们照张合影吧！"回来我一看照片，两个人脸上挤着笑容，眼里都含着一包拼命忍回去的泪，笑得真是比哭还难看。

"哭得好伤心，你走开那会儿。哎。"我妈说。

"是啊。"我盯着照片，那个哭啼啼的小男孩子的脸，又回到眼前了。

"讲是讲有时间就去看他们，这一分手，又不知道什么时候再见了……"过一会儿，我妈又说。

"是啊。"我说。"人生不相见，动如参与商。"我在想，明明交通便捷，通讯发达，人间的事，怎么会和古诗里还一样呢？

笑问客从何处来

转眼三十多年过去了，桐城的小女孩子们，冬天依旧穿着我小时穿过的那罩衫——棉衣或羽绒服的外面，套一件长至膝下，背后系带，形似连袖围裙的东西，作用是挡脏，减少冬天洗大件衣服的次数。一般都用艳丽的花布面料：翠绿、水红、粉紫、鹅黄、天蓝……团花、碎花、缠枝，做成衣服，穿在哪个成年人身上都俗气，但这样子给小女孩们套上，真是——将要到来的春天有多少色彩，母亲们就给女儿们穿上了多少色彩。

套上这种罩衫之后，小女孩们就一个个地找不着了腿，圆滚滚满地都是，看上去，也像春天里初生的小动物、小叶芽、小花苞一样，自带无限懵懂。

我在北街小学门口,看到刚刚放学的她们,她们围在卖彩线珠子与棉花糖的摊子边上,徘徊不舍,挤成一团。其中一个,忽然定住了黑漆漆的眼珠,伸手向空中一捞,捞到了飘拂着的一缕棉花糖丝,飞快地塞进嘴里……"好像看到了小时候的你。"男朋友说。

"这么多年了,这个门头还是跟以前一模一样。连传达室也是那间老房子,你看,房顶上长的瓦松也还那样,连那边的厕所,也没有拆掉呢。怎么会?简直什么都没变啊。"

桐城人擅长做生意,二十世纪八十年代,就已满世界跑着推销乡镇企业产品。经济尚可,街上不少见豪车,只是再豪华的车,也得让道给"马路之王"电动车。电动车成群结队,一排排横着在街中心骑,后面则安静地尾蹑着一长串的小汽车,这场景第一次看到时,极感诡异。也常有收拾得极妥帖的女郎,时尚美感远超省城合肥。然而美女们也沉静,沉静地在小巷内与人擦肩而过。

一个小城里,新与旧并存,有时候,就让人感觉是掉入了时间的魔法阵。

围着老城关的几条老街都还在,没拆掉,居然还住满了居民。老街上,我们买到了蛤蜊油——装在蛤蜊壳里半透明洁白的油脂,从前人冬天抵抗手皴、脸皴的武器。五块钱三只。犹豫着过去问价,老板是个红脸膛的中年人，诡秘地一笑："这个东西啊，可贵呢！"然后看着客人的脸色，得意地报出价格来，像开了一个皆大欢喜的玩笑。

我们便也好笑着，捧着东西走开了。掰开一个闻了闻，极淡的毫无侵略性的香气。也是很出意外的，因为这种香气，我早已忘记了，或者根本未曾留意过。小时候，会留意到的事情每天都很多，每天都有新的。这蛤蜊油的气味，却并不在其列。

小杂货铺，卖一些老土的东西：橡胶雨鞋、铁皮炉子、热水瓶胆、瓶塞子、绣花鞋垫、泥炭炉子，还有泥炭做的脚焐子：像一只小小的带柄提篮，冬天平平地塞了炭火，把穿了老棉鞋的脚架在沿上，烤得全身由下至上暖烘烘。讲究的老人家如我外婆，还拿一方手帕端正盖在鞋面上，笼手而坐，不响不动，神情肃然，如在静听时间走路。脚炉一般不给小孩子用，怕毛手毛脚踏翻了一地火灰，或者呆坐不知调温，烤着烤着，就闻了鞋底的焦煳味。

这个小脚炉，可以煨荸荠、花生吃。三九寒天正是吃荸荠的时候。桐城人叫"土栗果"，正月里包春卷和肉做馅，或者就这样一颗一颗塞到炭火里煨熟，或者拿竹篮子高高吊在屋梁上，风干透了，再取了来直接剥皮吃，这时候皮已经皱成老奶奶脸一样了，很好撕了，蒸发掉大半水分的果肉甜得不忍。

四四方方的玻璃抽屉柜,里头分格装着纽扣、锁眼、松紧带、顶针、发夹、橡皮筋、穿鞋底的锥子……一切从前做人家主妇必用之物。看铺子的是老头和老太太,像我父母亲一样老了。

买了丰糕。也是腊月才有的食品。粳米粉蒸出来,有米和糖发酵过后的朴素甜香。这家丰糕店的老板,长相都颇为凶恶,但态度安详,这两个男人做的丰糕得我们全家的口味,年年都来买。有一年四叔拎了别家的丰糕来,一吃就觉得不如意。到底还是过几天自己又开车来,重买了几块才安心。

我们走到南门那边去吃午饭。饭店里做的是本地家常菜。一个炒水芹芽,芹芽不太好,有点老了。一个黄栗豆腐。黄栗豆腐是用山里橡栗果子磨成粉之后做的。深咖色半透明如果冻,切成麻将大小的方块,热油下锅,放红辣椒丝、青葱段炒了,勾芡上桌,滑腻爽口,余味中带点苦涩。这个菜,集清苦与丰腴一体,小时不以为然,如今倒是蛮喜欢吃的。还要一个菜吧,点什么呢?在后厨里踟蹰了一会儿,老板将自家午饭要吃的红烧小杂鱼,从锅里给我们匀了一碗。桐城人烧菜喜放酱,这杂鱼也不例外,酱汁淋漓,卖相油腻,其实鱼肉很嫩,且无一些腥气。顿时佐下去了三碗米饭。

连月的阴天,好容易出了次太阳。老街上,满街但凡可利用之处,都晒着冬被,大红大绿,大花大朵,阳光下舒展着,简直听得见欢呼声。然后就是咸肉、风鸡、干鱼、鸭腿、香肠……在各个想得到与想不到的地方都见缝插针地晾着,渗滴着晶亮的油脂。走在巷子里,东张西望,一不留神,额头就结结实实和腊味年货们接触了,如果不是午饭太饱,还真受不住。

晒出来的还有很老的老人们。铺了棉垫的竹椅上,低了头眯瞌睡。或者似睁非睁了老眼,呆望着街面。他们中的大部分是在老街上出生,长大,老去的吧,并将在这里过世。这样的人生,以后的人是不会了。不过,总有一些是永恒不变的,比如生老病死。

"再过几十年,我们也就像他们一样了,坐在街边上,看着走过去的人,默默地想,我也有过年轻的时候啊,怎么一转眼,就老了呢,老得只剩下记忆,没有明天,只有一大堆没人理没人听的记忆。"

"怎么这样浪漫起来了。"

"不是浪漫,是事实……"

"还早呢。"

"看,那棵香橼,今年又结了那么多的果子!"

北街上,有一户人家种了一棵好大的香橼树。满树明黄灿烂的果子,到了冬天还高高地挂着。可惜没有人摘。养它的人略不在意,像不知道果子的香气有多好闻一样。过年时在堂屋和书房摆香橼作为清供的习俗,似乎早已经消失了……

"啊啊啊！好想要！"

"太高了，一个也别想摘得到。"

"真是不像话。"

"汪汪汪！汪汪！"

"快跑！狗又叫起来了。"

However
Dogs and Samovars
Might
Behave Themselves

第 二 部 分

立春是个顶要紧的日子

立春是个顶要紧的日子。过了这一天，地里的一切事都要发生了。

立春过后第九日，天气晴好。人到阳光底下，稍一活动，棉衣就穿不住了。贴身的法兰绒衬衫被细汗濡湿了，燥热、黏糊、刺痒，皮肤上轻微的不适感，心情却是愉悦的——冬天就要过去，寒冷正在消退，就算哪一日寒冷卷土重来，也不过是游兵散勇，成不了气候啦！

每年春天将要到来的时候，心里都会升起这一种欢喜、期盼。顾长卫电影《立春》中，顽固的文艺青年王彩玲操着一口内蒙古包头方言，深情地念诵着：

"每年的春天一来，实际上也不意味着什么，但我总觉得要有什么大事发生似的，但我的心里总是蠢蠢欲动，可等春天整个都过去了，根本什么也没发生……我就很失望，好像错过了什么。"

明知道没什么稀罕，年复一年如此，春完了之后是夏，夏完了是秋，秋后是冬，冬后又是春……人生就在这反复中悄然走完了。"古人无复洛城东，今人还对落花风。""花有重开日，人无再少年。"和植物在一起，人总是会更清晰地感受到季节更迭，发觉人世短促。"薤上露，何易晞。"人是这世上的露水，总是唱着易晞的哀歌。人在少年时，喜谈生死，喜示人以颓丧，负能量爆棚，其实是生命力旺盛的另一种表现，毫无疑问前面还有大把时光可以浪费，所以能够理直气壮地"丧"下去。人到中年，人渐渐温和沉默，心里面纠缠的，却真的是无常之事，以至于忧心焦虑，夜不能寐，真是一声梧叶一声秋，"枕上十年事，江南二老忧，都到心头"。

虽则如此，这一刻，红梅怒放的清香，与楼下哪户人家制作糖醋里脊的酸甜肉香混合在一起，挟裹在比前一日更暖和些了的微风里，拂到人的脸上，一切现实的苦恼与精神上的困惑，都暂时遁隐了。一切又都振奋起来。

立春日就是这样的一个日子。

现在我家露台上最炫目的，是那一大盆梅花。普通品种的红梅，开了一树,朵朵鲜亮分明,像小女孩子热辣天真的笑靥。梅花的花苞可怜见的,是一只只揉得皱巴巴的绸缎小包裹,嵌在黑铁般的枝干上,一开始简直不相信它能顺利地开花。然而一夜之间,啪啪啪,变魔术一般,小包裹全抖搂开了。再几天,已经是枝梢光光,一地残红了。古人诗句说:"砌下落梅如雪乱。"梅花凋谢是像下雪,红梅就是红的雪。纷纷然,落得干脆。古人又说梅花是君子,因其不怕冷——其实我觉梅花像侠女,美艳中带英烈之气。

不管怎样,赏梅要抓紧时间了。已经有两只黄蜂闻讯赶来了,绕花蕊而上下盘旋,忙得不知如何是好。很大的蜂子,也不知是在哪里避的冬。

刚过去了一场新闻里说"十年不遇"的寒潮,夜间气温达到零下十四度。我把露台上的植物大都搬进屋了,只留下了梅花和几棵藤本月季,还有桂花与栀子。结果,和我一样缺乏应对严寒经验的桂花与栀子都牺牲了。一夜之间,原本绿着的叶片,变得黄烂软熟,像放在锅里煮过。

藤本月季就完全没事。才想起来,从前在北京看到路畔景观带多植有月季,严寒的北方冬日也不见有人工遮盖,就这么无畏地过了冬,人家根本就是一种见多识广、生活经验丰富的植物啊!

月季在冬天到来之前主动脱光叶子,积蓄精力。每年最寒冷的日子，三九天里，就该轮到种月季的人忙活了。要给月季做冬剪。

冬剪不能太早，早了天气不够冷，月季易发芽；剪晚了，地气已动，又容易"伤流"。"伤流"是什么意思呢？当天气回暖，植物从休眠状态醒来，树液开始在体内流动，贸然动剪，树液自断口流出，往往不能自动愈合，大伤植物元气。特别是月季小苗，常有因此死掉的。

契诃夫在给他妹妹的一封信中写道："玫瑰花等我回来修剪。"契诃夫热爱种植。在他的梅里霍沃庄园和雅尔塔的小别墅，都亲手种下了许多的树木与花朵。玫瑰是他最爱的花。我们通常说的"玫瑰"，即情人节被提价出售的那种花色繁多而艳美的"玫瑰"，其实都是"现代月季"，是中国古老月季流传到欧洲，与西方古典玫瑰的杂交后代。契诃夫在自己家里广植的就是它们，和我家露台上的月季们属于一个族群。写到这里，不禁欣然地为自己点了一个赞：终于跟最心爱的作家拉上那么一点儿关系了。

我最心爱的作家安东·契诃夫，显然是个种月季的行家里手。是的，种月季的人们，一定会亲自修剪月季，断然不肯把剪刀轻易交给别人。不放心啊！修剪月季是一门需要长期实践经验的技术活。月季耐折腾不易死，但今年的月季长势如何，能开多少花，是零星数朵，还是开到爆盆，全在于园丁的修剪。

大苗重剪，小苗轻剪，留下壮枝，去掉病弱、交叉枝，这个过程很让人费神，端详再三，一不留神，还是下错了手，懊恼万分。藤月还要干脆地去掉老枝，然后重新绑枝造型，带刺的枝条每一回都会很干脆地抽到人的手上、脸上，留下猫抓也似的条条血痕。"真是忘恩负义、不识好歹的家伙啊！"一边咒骂着，一边还是忍痛奔忙，该换盆的换盆，修根的修根，添土的添土。最后统一施肥。

月季喜肥，但也不能妄施一气。一年四季，大部分时候我都是用颗粒缓释肥吊着，随手撒一把，能管很久。只有在上冬肥的时候才会下狠手，用的是月季爱好者圈内人人顶礼的"大杀器"：鸡粪。发酵成熟的鸡粪，异味已除，乌黑松散，着手松软，能量巨大，一把一把地顺着盆沿埋进土里。

最后，在水龙头下冲洗满手的污泥与血迹，想到了因手指被玫瑰花刺伤而死于败血症的诗人里尔克，于是冲洗得更认真了。毕竟，我只是个辛劳的园丁而已，可不是诗人啊。那位伟大的诗人在《致奥尔弗斯的十四行诗》中写道："别去立碑，只让玫瑰年年岁岁为他盛开。"

园丁有时候则会这样想：如果有一天，种不动了，离开了，这满园的花可怎么办？露台上接不到地气的花儿们，几天无人照料，就会死光光吧。总会有那一天到来的……园丁想得很负责任，很长远，但是万事一旦想得长远，就会让人泄气了……

契诃夫的父亲去世以后,他写信给妹妹,教她如何安慰伤心的妈妈:

"你告诉妈妈,不管狗和茶炊怎么闹腾,夏天过后还会有冬天,青春过后还会有衰老,幸福后面跟着不幸,或者是相反。人不可能一辈子都健康和欢乐,总有什么不幸的事在等着他,他不可能逃避死亡……应该对一切都有所准备,把一切所发生的都看成是不可避免的,不管这是多么的令人伤心,需要做的是,根据自己的力量,完成自己的使命——其他的不用去操心。"

契诃夫说得真好。

如果种下了花朵,就不管三七二十一地一直种下去好了。

今年寒潮刚刚过去,月季们就纷纷发芽了,除了叶芽,更有笋芽——深紫的、暗绿的、绯红的,一枝枝从根系周边蹿出土来,挺然翘然。种月季的人最爱看的就是这个,能蹲在那里看上几小时,比看花还要开心。

为什么呢?因为每一根笋芽,都会长成一棵当年开满鲜花的壮枝呀。花是成功的绽放,花是给所有的人看的,笋芽则是园丁和月季们共同保守的一个秘密。

花事忙于农时

吃过笋丁荠菜肉馅儿的炸春卷,再吃过红豆沙馅儿的鼠曲草青团、咸菜肉丁馅儿的蒿子粑粑,人世间的春色就真正地由浅入深了,就到了最多愁善感的诗人也不好意思说出扫兴话来的坦荡阳春了。

各种花次第开放,紫叶李的细雪从树梢一直渲染到地面,白玉兰在白昼点亮了灯,迎春和连翘都是翠萼金英,枝条一甩,春意飞溅。紫荆、海棠、木瓜,然后是桃花、樱花、榆叶梅……下了乡有油菜花、荠菜花、蚕豆花,朋友圈里人人踏青、晒春。喜气洋洋、大惊小怪的劲头,几近蜀犬吠日。

屋子外面热闹极了,太阳出来,风日朗朗,人人脸上泛红,额头走出油汗，脱了外套和毛衣，还觉得热。花气袭人，赏一个春，赏得又累、又高兴、又迷惘，这情景叫我想起了天下初定，百废俱兴，日日召开群众大会，全民誓师——神经脆弱的人，还真有点儿消受不起。

我家露台上，连日还是一片静。发芽的发芽，长叶的长叶，抽条的抽条，结苞的结苞，都默不吭声，各怀志气，是大典前夜的宁静，强迫自己卧到床上，关了灯在黑暗里合眼硬睡，知道明天——赏心乐事和考校都要来了。

甘道夫的魔杖就要绽放烟火了。园丁们这时候八爪挠心，虽然重要的事都已经做完，每天还是坐卧不宁，一不留神，就又爬到了露台上，拿喷壶给叶面喷点儿肥，打点药水，又除除草，松松土，剪剪残花，摘摘黄叶，蹲下来细数土里到底发出了几棵新苗……这盆花搬到那里，那盆花搬到这里，来回张相，务必使高低错落，谐调有序。所有的花盆都搬了一遍。终于听见细微的"咔嚓"一声，惕然回首，果然是又碰折了一枝打着苞的脆嫩花茎。

像新郎官要骑马接亲之前那种东摸摸西看看，无事可干。又像闺中之妇，终于等到了良人归家的消息，饭菜已经焐在锅里，桌子擦了又擦。头花插了又换——然而以上种种比喻都嫌浮夸，关于种花之事，世间最贴切的那句形容，应该是："花事忙如农时。"

种花之事，和农事是一样的。一样的用力，一样的焦心，一样的喜悦。

春天植物生长旺盛，需水量大。冬天两个礼拜浇一次水都嫌多，到了春天，大盆两天浇一次，小盆一天浇一次，不然饥渴抵死给你看。植物渴了好辨认：花苞耷拉，枝条耷拉，叶子耷拉。像一个严重犯困的小孩子，东倒西歪，摊手摊脚在那里，只等待有人把他直接抱上床。端起花盆掂一掂，轻飘如无物，赶紧接了水管来浇水。然而无论怎么辛苦周到地浇水，都抵不过一场春雨。

才明白农谚说"春雨贵如油"，并不是因为它稀少才金贵。而是每一场雨都来得沛然有力，每一滴雨水都饱满滋润，像从前农家人过着俭朴日子，突然一日菜里有了油荤，全家人心花怒放，连连多扒了几碗饭。

植物都参加奥林匹克一样，比赛着长。这时候种花的人最爱以老农一样的姿势，笼着袖口蹲起来，蹲到屋檐底下，裤脚卷起来，喜滋滋往雨里看，如果是抽烟的人，必然还会把烟卷咂起来。蹲在雨中扫视他的小园子的园丁，神情像一个守财奴，又像一个帝王。

赏心乐事谁家院。雨里面青枝绿叶，湿漉漉，花瓣盛满了雨水，沉重得直打战，茶花的整朵残花落在地上了，啪哒一声，淹然的嫣红。只觉得美，并不起伤春之惋惜。

很近的地方,"咕咕""咕咕"的叫声响了一阵子。雨天,斑鸠的"咕咕"声很温柔,不像在晴天。晴天,它们的"咕咕"声是一声赶着一声的,像在寻找和催促着什么。我悄咪咪地等在那里,一动也不动。过了一会儿,一只珠颈斑鸠从倾斜的屋檐下面走出来,颇具气派地往四下里打量一回,又郑重地点点它圆润的小脑袋,然后抖抖翅膀,顶着雨丝风片飞走了。它的银灰色翅膀从我的头顶掠过去。

虎耳草是怎么答复的

每年中秋前后,就要到露台上清理虎耳草。一个春夏的生长,它们又把下水口堵住了。

是某年从朋友处拿来一小株虎耳草的后代。刚来的时候只有酒盅大,也种不好,奄奄一息了几次,后来摸清了性子,连盆扔在南面墙根靠出水口的角落。整个露台的水肥,都随地势流过来,虎耳草渐渐长出了虎势,叶子有成人的巴掌大。看到的人都吃惊地说:"这真是我见过的最肥的虎耳草!"

一根又一根的嫩红色须子,带着茸茸的几朵小叶片,轻盈抛向四周,沾上一点土就生根,就有了一棵新的。也都不跑远,依依地围绕在母株四周，好似古人推崇的聚族而居：父慈子孝，兄良弟悌，姑娌和睦，子嗣绵延，也不知几世同堂了。

只好替他们分家。前后分了七八盆出去送人，今年又清理了一回，多出来的都找盆种上，准备有机会再送人。

"我们的书斋可算是有名字了，就叫'虎耳堂'你看如何？"喜欢附庸风雅的男朋友，欣慰地说道。

"可是我们并没有书斋呀！"

是啊，我们没有专门的书房。书都东一摞西一摞，出现在沙发、床头、厕所等各种地方。剩下的全塞在楼上的几只铁皮文件柜里。

为什么想到种虎耳草呢，因为在种它之前就存下对它的想象了。

"看，那个就是虎耳草！""哇，那就是虎耳草啊！"有一年春天，在皖南的村子散步，大家忽然一窝蜂趴到石桥的栏杆上，对着桥下大呼小叫起来。在漂浮着杜鹃花枝的急湍涧水边，就生长着它。

都是文科生，都立刻想到了自称"乡下人"的沈从文，想起了沈先生的小说。想到了《边城》里，黑里俏的翠翠，小兽一样的翠翠，还有翠翠放在背篓里的虎耳草。

"老船夫做事累了睡了，翠翠哭倦了也睡了。翠翠不能忘记祖父所说的事情，梦中灵魂为一种美妙歌声浮起来了，仿佛轻轻地各处飘着，上了白塔，下了菜园，到了船上，又复飞蹿过悬崖半腰——

去做什么呢？摘虎耳草！"

这一段写得真美。但她摘虎耳草来派什么用呢？没有用的。少女心事而已。

实际上，虎耳草当然有用，药用。从前有人用它捣烂了治中耳炎，治各种疗疮。看日人柳宗民的植物学著作《杂草记》，日本人用它的汁液治冻疮，据说亦有奇效。日本人唤它作"雪之下"，因为到了冬天，被白雪覆盖着的叶子仍然是绿色的。

虎耳草是比较耐寒的植物，长江中下游在室外过冬没问题。去年零下十度的严寒，露台上冻死了许多花，它们居然还挺过来了。

虎耳草的叶子，确实像猫科动物的耳朵，摸一摸，尤其像，毛茸茸的，似乎还带着温度。它们一团一团地攒在一处，天气冷的时候，尤其攒得厉害，像极了一窝怕冷的小动物。有一次看电视上的科教节目，说虎耳草的过冬方式，就是抱团取暖呢。每一株上的所有叶片都会收缩，大家尽量地挤到一起，减少与外界的接触面，以保存体温。顿时觉得——"噗，好可爱啊！"

虎耳草的花也可爱。初夏开花，从层叠的圆叶里，伸出了纤长的紫色花茎，聚伞花序，小而密集的白花，看上去很像一群小白飞蛾！每只都有头有尾，头部带有紫红色的斑点。难得的是那两片翅膀，白得极干净。白天还平常，到了暮色中，他色隐去，只余这小花的白，恍如星光，一点一点，一点一点，在眼前发着亮，看得人心中一怔。

有一次，从老城区的街道经过，看见一户人家的空调外箱上，放着一大盆水石盆景。轻质的浮石，嶙峋如山，遍山植以虎耳草，草叶葳蕤，水气氤氲，不觉伫立看了很久，觉得像是一幅山水画。

用虎耳草做盆景，想来是不太难的。只是我懒，又有点老农心态，凡植物都想给它种进土里，放到能晒到日月、淋到雨露的地方，才觉心安——盆景什么的，总觉得有点违背天性——

主要还是懒。偶尔也纠结，毕竟，那样的水石盆景，放在客厅里是很有气氛，很给主人长脸的。浇水的时候，便蹲到那一大片长到疯癫的虎耳草前面，问它们：

"你们呢，是想就待在这儿，好吃好喝，长得肥头大耳，爱怎么生娃就怎么生娃，但是没人欣赏没人赞美，还是愿意到屋子里住着，帮主人我搞点面子工程呢？毕竟就算只是植物，白吃白喝也不太好对吧……嗯嗯，生活条件肯定要差一些，没什么土，也不好上肥，当然，计划生育也是要的，场子小嘛！总体来说，比较受尊敬哦……"

"哦，知道了……好吧，随你们啦！"然后主人就心安理得地、施施然地，走开了。

虎耳草到底是怎么答复的呢？

合欢花的香气

合欢花的香气粗浅，有圆熟的风味，却还有些生硬的态度。入夜之后越发无忌惮。附近一个小区沿四面外墙都种了合欢，年月已深，花树高大。最近每晚从附近走过，被那团团转的甜香一把揽住，虽不是什么惊艳的、高级的香气，心中还是有些欢喜。

一场夏雨，合欢花掉落了一地。围墙下停一溜小轿车，合欢花的落花，就黏附在车身上。车子被雨水洗得锃亮，红的、白的、黑的、银灰的……金属光泽的车身，变成落花的小舞台。车里空空的没有人，阴暗澄静的车窗玻璃，倒映着上方浓密的墨色树影，和树影后斑斑点点的明亮天空，一层层的幽远，都为这纤细的、嫣粉的落花做了打底，平尺之地，吸睛夺目，叫人不能不掏出手机。

雨丝花片，随行人脚步辗转，按理说是有些狼藉的。可是并不，它的小扇子依旧支棱着——哪怕半截已经浸在水里了。想起这一句词："歌尽桃花扇底风"，酒过三巡，歌罢舞收，女郎们在后台齐声娇叹，也只是本能地叹叹而已，不问前程。无问西东。

拍照的时候，一个中年男人撑伞从对面走来，擦肩而过时，忽而扬声："等天晴了拍，天晴了更好看。"是一个面团团，身材圆胖，看不出来会有赏花心思的男人。

今天路过，顺手拈了一朵落花在鼻端嗅闻，原来并不是一向认为的老式脂粉香，而是一种似曾相识的皂香。这一似曾，人便怔愣了，并不能在记忆中找到准确对应物，赶紧拍照完扔了。拍照时，远处背景里有个小男孩爬到消防栓上练金鸡独立，掉下来，又上去⋯⋯强烈的阳光从纤白的云层中射出来，前方那一片空地上，起了一片光的烟雾。真是一个朗朗乾坤，好天气。

一九九五年的时候，我家住在蚌埠张公山菜市边上，那里一整条街都以合欢花为行道树。放暑假，每日黄昏时，我骑车从树下走。车筐里放着书，书是卫斯理，从书店租的。车把手上晃悠悠吊着一袋子的烧饼夹里脊。烧饼摊子在左，烤里脊摊子在右，分别占据着张公山菜市入口处。人们排了队，左边接了刚出炉的烧饼，付了账，拿到右边，去夹那烤得油滋滋的里脊肉。

烧饼是油酥烧饼，猪油做的酥，出炉时中间鼓起，像个气呼呼的腮帮子，卖饼人拿了亮薄的尖头铁片，轻轻一扎，气跑了，成了一个顺心顺意、再规范不过的小饼子。然而里面有乾坤的，分了层的，一层层薄如宣纸。对面烤里脊肉的，看也不看，接过来，将饼子用刀劈个中空，一串烤里脊塞进去，就势一抽，肉留下，铁钎子出来，一甩手丢进案板上那一堆去。肉在烧饼里包得稳妥，滴油不漏。

要趁热吃，塑料袋里几个饼摞在一起，一捂，热气互蒸，饼皮沓软，就不好吃了。所以我总是把车骑得快快的。车轮轻捷，头顶上无数合欢花在开，我并没有注意到。那一带有个卷烟厂，烟草的浓烈气息，常年笼盖四野，所以花香，也是容易被忽略过去的。

那时的天气，自然是比现在更好的。这句话当然没道理——我现在也怀疑，那烧饼夹里脊的好味道，也只是因为时光的滤镜。倒惹得这样时时想起，实在是傻。好在人上了年纪，总有一点妙处，就是总算可以名正言顺地怀旧了。怀旧，需要讲道理吗？

年轻人的怀旧，是对童年的下意识依恋，掉过面来一看，是许多蓬勃的生之梦想。我们中年人的怀旧，却是真的怀，是对生活的怅怅，还含着些忧惧。而老年人的怀旧……现在还不知道，到时候就知道了。

夏首荐枇杷

南方有嘉木。枇杷是南方的果树。常绿、亲水、爱温暖、喜居高地，在长江中下游以南的丘陵地区，长得最好。枇杷果子下地便烂，比荔枝还不耐储存，不便运输。所以自古枇杷果子是稀罕物。

明朝时候，宫里赐下了新鲜枇杷。时任首辅大人的李东阳，吃过就哭了，又是写诗，又是捧去给祖先上供——不怪他激动，从江南运到北京，迢迢千里，果子居然没坏，皇帝居然舍得分给臣子！

李东阳的诗这样写的："尚方珍果赐新尝，分得江南百颗黄。远道不妨经月暑，冷枝疑带隔年霜。龙笺帖罢名初散，翠笼开时手亦香。归领君恩荐家庙，不禁清泪满衣裳。"原来是用冰块封装，快马送来。

跟现在的顺丰冷链差不多。

因为罕见，闹了许多笑话。有个官员，偶尔赴宴吃到枇杷，觉得太好吃了。回家便叫仆人去采买。仆人茫然不解，挠了半天头，只得将琵琶剁碎，熬汤奉上。

又某人家送礼，礼单上将"枇杷四斤"，写成了"琵琶四斤"。见者莫不大笑。促狭的文人便赋诗道："枇杷不是此琵琶，只为当年识字差。若使琵琶能结果，满城箫管尽开花。"

"枇杷"这个名字，还真的是因为树叶形状，与乐器"琵琶"相似得来的。我们熟悉的润肺止咳"枇杷膏"，就是以枇杷老叶为主料熬制。胃不太好或有慢性咽炎的人，也可以摘点叶子煮水喝。我试着煮过，清亮的琥珀色汁水，自然甘甜，至少在口感上，是比市场上加了太多糖与添加剂的软饮更宜人的。

枇杷冬天开花，春天坐果，初夏采摘。到秋天，别的树休息了，它却茁壮地长，可劲儿地绿。《广群芳谱》上说这个树是："备四时之气，他物无与类者。"四季都跟其他树反着来，真够特立独行的。

枇杷花有特殊的冷香，冷馥中带着清甜。庭院中种一棵枇杷树，四季常绿，亭亭如盖，春暮观果，盛夏遮阴。冬天日晒少，人容易忧郁，从树下走过，忽然异香环绕，抬头寻觅到树梢那柔白的小花朵，很能慰藉心情。

枇杷花蜜,也是蜜中珍品,有清肺、泄热、化痰、止咳平喘的功效。

如果不在产地,就不太能吃到好的枇杷。超市里,七八粒半青不黄的枇杷,珍重地塑封起来,售价高昂。买了一尝,我的妈!牙酸倒了。

小时候,父亲去歙县出差,赶上季节,当地朋友就会赠以枇杷。带盖的细竹篓装了满满的果子,以红线系之。五大三粗的汉子们,在汽车客运站里,围着这个竹篓,一方坚决要送,一方坚持不收,大呼小叫地扭打起来。车子发动了,送行的一方,奋力把篓子从车窗里投进去,被送的一方,慌得一把抱住,又弯腰去捡滚到地上的保温杯。终于坐稳了,把头和手都用力地伸出窗外,和送行的人最后一次道别。

这些果子,没疤没虫眼,个个有土鸡蛋大,颜色也像煮熟的蛋黄。撕开皮,是厚实的蜜蜡色果肉。咬一口,甜得舍不得吞咽,只用舌头把它盘在齿间留恋。那种甜,扎实、饱满,全无杂质,正像旧时代的憨拙人情。

这些好吃的枇杷,是"三潭枇杷"。新安江畔,群山环绕中,有三个村落,分别叫漳潭、绵潭和瀹潭。春天,村口江畔,开满金黄的油菜花,山上层层桃李花,夭桃秾李之间,碧绿深沉的全是枇杷树林——

枇杷分红沙和白沙两大种。三潭枇杷是红沙。苏州的东山枇杷、余杭的塘栖枇杷，则是以白沙出名。

苏州人说："东山枇杷，西山杨梅。"软糯糯的吴语，听得人口舌生津。有一年便特意掐着季节，赶去了苏州。

东山枇杷在太湖东山岛上。岛上修了很宽整的公路，风中飘荡鱼虾贝贻的水腥气。满山的枇杷树，都修剪得又矮又壮，被风吹起绿色的波浪。走近一看，无数灿黄的小圆果子，乖巧地藏在叶子底下，看得人眼发直，脚发痒，想立刻往树上爬。体会到了古诗中的欢乐："乳鸭池塘水浅深，熟梅天气半阴晴。东园载酒西园醉，摘尽枇杷一树金。"（宋·戴复古《初夏游张园》）

仔细看，空中都张着极细的铁网，防止鸟儿下来偷吃。怪不得，一路都听到急促的鸟叫，叫得挺不平和、憋屈，跟岛外的鸟儿全不是一个调儿。

东山枇杷个头小，溜溜圆，果皮嫩黄，果肉玉白莹润，比红沙的水分多，吃起来水灵鲜格的，特别清甜。不过，这还不是我们在苏州吃到的最好的枇杷。

那天早上在山塘街菜市。碰上一个瘦男人，带着一竹篓的小黄果子，蹲在角落里，不吭声，不讲价。一讲价，他脸上就浮起傲慢的微笑："放心，你们吃了还会来的。"

我们称了五斤,午饭后回到宾馆,吃了一个,大惊失色,再吃一个,跳起来就往山塘街跑,哪里还能再找得到。

回想起来,那大概就是最正宗的"照种"白沙了,记忆中的鲜美,思之惘然。

去年在塘栖吃枇杷。称为最好的,是"软条白沙",味道与东山的"照种"不相伯仲。常见的"大红袍"是红沙种,皮红肉赤,肉质紧,甜中带酸。有一种叫"红毛丫头"的小枇杷,只比弹珠大一点,看着很不起眼,但吃进嘴,哇,甜如蜜!当地人又叫它"野种"(因为是不用嫁接技术而用种子繁殖的)。老头老太们无事提只小篮子,就地一坐,卖完回家,卖得还便宜。性价比高极了。

挑枇杷,是外表越难看的越熟,越甜。我们买了一大麻袋甜枇杷,装在车后备厢里,运回家,分赠亲友。虽然路上烂了不少,但心里高兴。柳宗元咏枇杷的诗说:"寒初荣橘柚,夏首荐枇杷。"什么是"荐"?就是最好吃的东西,一定要捧出来,请敬重的、心爱的人们一起享受。

春去夏来,樱桃、枇杷上市,然后是杨梅、荔枝……日本古书《徒然草》里说:"我在世上已经了无牵挂,只对于时序节令的推移,还不能忘怀。"依我说,只要四时佳果能入嘴,这日子,何止不能忘怀,简直还盼望着呢!

彼岸花、雁来红、小津

小津安二郎参加过侵华战争,这早已不是什么为贤者讳的秘密了。

从小津的战地日记与书信中,我看到,他在华行军时,曾经过了属于我青少年时代的两个小城:桐城与蚌埠。

我是在蚌埠上的高中。蚌埠给我留下了一个粗犷、生活气息浓烈的印象。灰尘大,有许多老的厂区。到黄昏,街头出现许多推小车卖大馍的。还有烙烧饼的,千层油酥烧饼一剖两半,夹上煎熟的猪里脊。姑娘们打扮艳丽,浓妆,和男人一样爆粗口,喜以切块的大青萝卜做零食,边走边大声说笑,啃一口青萝卜。初夏小龙虾上市,赤红的壳堆在街头,初夏人行道边合欢树开花,纷垂的羽状绿叶里,撑起无数粉红的小扇子。

当年小津经过时,他是这样描写蚌埠的:"这里军人泛滥,部队通过。马队通过。炮车通过。坦克通过。沙尘万丈。老百姓在路边卖蒸馒头,而摊车绕过来。又肥又大的菠菜,一把十钱,鸡蛋十钱四个……"

时代不一样了,而蒸大馍永恒。蚌埠的大馍个头大,硬实,有嚼劲儿,实非南方暄白软胖的同类可比。

小津的文学功底非常好,一段简洁文字,兵荒马乱之状跃然纸上,有强烈的节奏感和镜头感。导演、编剧出身的人写文章,往往有这种斩截气象,注重文字视觉效果,用词高效,绝不拖泥带水地抒情。

在入伍之前,他已经是名气日升的青年导演了。

至于桐城,我出生之地——"桐城城外有清澈河流,河滩上彼岸花鲜红。用河水冲身体,清洗兜裆布。避开鲜红的彼岸花,拉野屎。平静的秋日黄昏。"小津提到的那条河,应该是龙眠河。河水从城背后的龙眠山流下来,东西穿城而过。我家就住城西,在河的中下游。

河水从河滩上清浅流过,河水到现在还是清澈着。那片河滩,是小城建筑采沙的地方。多年挖采,留下无数沙丘与沙坑。沙坑里积了河水,生了水藻,便住下了许多活物。这是孩子们的探险乐园。

放暑假，大家都会下到河里，摸鱼、捕虾、逮青蛙，被水蛇与蚂蟥吓得尖叫飞奔；在河滩上寻找好看卵石。一个个晒成小黑蛋。

　　沙子细滑，以光手赤脚触及，感觉美妙。阳光下，沙粒中有熠熠金光——微若皮屑又有纯粹光泽的金属物质，我们相信是黄金，只恨无从收集，否则必然发大财。我们相信金色沙丘之下，必定埋藏有宝物：玉石、玛瑙、远古的化石、强盗的藏宝图之类，然而经常刨出来的，只是些黑黢黢的铁疙瘩——大炼钢铁时代的遗迹。灰白而质地轻飘的骨头也有，不知道是动物还是人的，赶紧一个抛物线扔了。

　　河流最上游，传说是处决死刑犯的刑场——八十年代有一段时间，小城中颇有些死刑案件。公安局的外墙上贴着白底黑字的告示，人的名字上用红笔打一个叉。便有胆大而有闲的人，到了日子，三三两两，顺着河堤往上游走，他们压低了声音说话，步履稳健而略匆忙。他们挟裹着一种压抑、惊恐而兴奋的气氛，经过了我家门口，我在屋子里，大气不敢出。我的父母不去参加这种热闹，他们皱了眉头，把但凡家里有人都会打开着的大门给关上了。

　　我从未去过河的上游。

　　若逢上阴雨连绵天气，河面上笼罩着水气，人从河堤打着伞走过，书包一下一下拍打着屁股，鞋子吧嗒吧嗒溅起泥水，眼睛望向河里，水流这时候变得湍急了，河滩上草木茂深，杳无人迹，连只忘了归家的麻鸭子都没有。万物俱安静，孩童的心里，也生出了一些寂寞。

从春到秋，河堤两岸与河滩上，都遍生植物。春天蛇莓与委陵菜的纤小黄花，和阿拉伯婆婆纳的天蓝色，织成一片细密花毯。暮春时的野蔷薇，粉白的花簇总能激起少女心——我们在早春折了很多它的嫩枝来嚼吃，它还是开得如此温柔而茂盛。端午过了，鸭跖草以耀眼的姿态出现了，湿漉漉带着晨露的蓝紫蝶形花，令人无法忽视。牵牛花、旋花满地爬，河堤的大石头上垂下开白花的何首乌藤。一年蓬越长越高，顶着一头黄花，比它更高大的是开紫茸茸花朵的小蓟，河滩上，除去油绿肥大的地黄，就是它们的天下了……

多年以后，当我对植物学感起一些兴趣，略识了些草木，记忆中的闲花野草与图谱上的学名陆续对应，便唤起了一种亲切而惆怅的感觉。但小津安二郎在战地日记所说到的"鲜红的彼岸花"，我却没有见过。

实则就是红花石蒜。"彼岸花"，是日本人给起的名字。因为在秋分后三日俗称"秋彼岸"时期开放，又多种在墓地，故常被当作供奉先人之花。又传说成了黄泉路上接引之花。近年来受日本流行文化影响，这种花很受年轻人追捧。实物我在南京植物园见过——大片地生长在林间草地，龙爪虬张般的艳红花朵肆意开放，树林幽深，午后的光影明灭不定，让人感到一种触目惊心之美。

中国人传统上不喜欢这种花，叫它"无义草"。"见花不见叶，见叶不见花"，同根而生，却花叶永不相见的习性，令人感到情感上的不适。

我小时候见过的只有一种白花石蒜。每到夏末秋初，蛙声渐稀，凉风习习，龙眠河的堤岸上，便能零星见到它的身影。并不美。失去了艳红的色泽，那孤挺的花朵，在暮色中呈现出一种惨淡的白，像痉挛的手指。我们从来不去采摘它，互相警告说是"死人花"，有它的地方，必然埋过死人。后来我看到日本园艺家柳宗民写的关于日本花草的书，说在日本，鲜红的彼岸花，也有一个别名叫"死人花"的。而且它们的原产地就是中国。

石蒜还有一种开黄花的品种，我觉得比红与白都更好看，明黄亮眼，只是单纯的鲜丽，并不叫人起或浪漫或讨厌的联想。黄花石蒜，俗名为"忽地笑"。这名字起得妙，本来空无一物的地上，突然灿黄如笑的一朵，像昏暗的舞台重新打着了一盏灯，正萧瑟下去的秋天，瞬间又明亮生动起来。

七十多年前，鬼子来了。在我老家桐城城外，光着屁股边出恭边欣赏着红花石蒜——彼岸花，享受着修罗场上片刻宁静的小津军曹，将来会成为拍出《晚春》《东京物语》的世界级导演。想到这件事，看到自家花盆里正开放着的香石蒜——石蒜的另一个品种，花色绯紫与洁白相间，貌美惊人，难免不起人生如戏之感。

看过一张小津大概是摄于南京玄武湖船上的照片：军帽，白背心，身材壮实，臂肌隆起，肌肤油黑，看不出半点电影人气质。但投身于侵华战场的小津，从来也不曾忘记电影的事：

> 悲伤的场面衬以轻快的曲调，反而更增加悲怆感。像是卢沟桥事变后的修水河渡河战时，我在战场前线，战壕附近有一棵杏树，开着美丽的白花。中国军队展开攻击，迫击炮弹咻咻飞来，机关枪嗒嗒嗒响着，中间还夹着轰隆的大炮声。在那些声音和风中，白花非常美丽地飘散下来。我看着花，心想，也有这样的战争描述方式啊！

小津的战地日记中，有许多关于战争中人性善恶矛盾的记载：行进的日军自动分成两列，绕过路上尸体边哭累了兀自游戏的中国婴儿；队长一刀砍死了为被强奸的女儿讨公道的中国老妇人……小津自己曾向媒体说："看到这样的中国兵，一点也没把他们当敌人。他们是无处不在的虫子，我开始不承认人的价值。他们只不过是傲慢地进行反抗的敌人。不，是个物件，不管怎样射击，都显得心平气和。"

只要把敌人物化、抽象化，不视为人，就可以对他们的肉体为所欲为了。如果能时刻记住，对方是跟我们一样的血肉之躯，这世界的残酷大概会少很多。但军人若勤于思考，战斗也就无法继续了。

战场上狭路相逢，留不下思考的余地。美剧《兄弟连》中有一个情节，英勇的 Winters 上尉在荷兰高地，迎面射杀了一个德军年轻士兵——几乎还是个孩子，脸上挂着天真腼腆的笑容，是新兵，什么都没反应过来，就倒毙在异国的草地上了。Winters 上尉在后来的岁月里，在纷沓的记忆深处，始终无法摆脱那张孩子气的敌人的脸。

盟军对纳粹的欧洲反攻，正义之战，面对的是必须要消灭的敌人。可是，那个孩子，他本人，他有着什么在上帝面前不可饶恕的罪？他也许被德意志光荣的热情鼓舞，也许幻想着成为男子汉的自豪，更可能他什么都不懂，只因征兵令无法抗拒。他就这样天真地笑着，来到战场，准备杀敌，立刻被敌所杀。他该死，又不该死。他还只是个孩子，不能指望在举国狂热中他像圣贤一样清醒。可对于 Winters 上尉，即使如此想，即使再来一次，那迎面射出的一枪也是不可改变的。

只有把敌人物化、抽象化，才可以毫不内疚地去消灭。战争就是这样卑鄙下流的事情。战场上的小津以其艺术家的敏感也意识到了这一点。意识到之后仍然执行着任务——身为日本毒气部队的一员军曹，在中国的土地上施放着杀伤性化学武器。这是一种什么样难解的矛盾啊！

我小时候，如所有看抗日片长大的国人一般，痛恨日本鬼子。我长大以后，又如许多文艺青年那样，喜欢了小津安二郎的电影。知道小津这段往事，已经是三十岁以后的中年人了，将目光聚焦到历史中的小津身上，并没有如预料那样爆发出愤怒，心中却有一种难言的苦涩。

不论种族，并没有谁生来就是灭绝人性的杀人狂。对吧？都是想安居乐业的普通人，有一天，就向异族、向同胞、向另一群人举起了屠刀。为什么？从来没有高呼着"我们要干坏事"就能发动起来的战争。所有的群体性不义，总是打着正义的旗帜——民族国家的"大义"。作为个体，相信着国家利益高于一切，被为国捐躯的口号振奋着的个体，怎样才能保持清醒独立的头脑，做出"正确"的选择，哪怕这选择被千夫所指？

这样的人很少，也很难被时代所理解，他们是时代的思考者、叛逆者、孤胆英雄。这样的人在尊崇集体主义的亚洲国家尤其少。

很明显，小津安二郎并不是这样的人。小津的战地日记，他本人要求死后绝不可公开，还是被公开了。日本的研究者对小津在战争中的作为进行了翔实披露。而在关于对华战争使用化学武器的调查中，小津的日记也提供了有力佐证。研究者们甚至怀疑，小津年仅六十死于喉癌，或许也正是被化学武器毒害的后果。

战后，小津对于战争闭口不提的沉默，引起本国左派新浪潮导演的不满乃至憎愤。执着于"泥中莲"之洁白的美学亦受到挑战，为此曾与正在其手下打工的未来名导今村昌平起过激烈冲突。

"泥中之莲，泥土是现实的，莲花也是现实的，泥土肮脏，莲花却清丽，可是莲花的根在泥土中。我想可以通过描述泥土和莲藕来衬托莲花，也可以反过来通过描写莲花凸显泥土和莲藕。战后的社会不干净，混乱肮脏，我讨厌这些，但这是现实，与此同时，也有谦虚、美丽而洁净绽放的生命，这也是现实。"在泥土与莲花之间，小津把摄像机顽固地对准了莲花。

还是修水河之战，所知侵华日军最大规模使用毒气的一役。在这天的日记中小津写道："雨。菜花、莲田，以及满树的杏子都在雨中……进行了特种弹的攻击。"风景如画中发生的暴行，人世残酷与自然诗意，极度的不协和，奏出悲怆交响曲——多么震撼而适合搬上大银幕的战争描述！

虽然在当时与归国后都有着计划，小津终生并未拍过一部战争电影。有一次写成剧本了，又因为"不够英勇"而未获通过。后来就干脆放弃了。

"我是开豆腐店的，做豆腐的人去做咖喱饭或炸猪排，不可能好吃。"小津说，"我总是说因为我是个豆腐匠，所以我只做豆腐。一个人没法儿拍太多种类的片子。即使我的影片看起来似乎都一样，我其实总是在试图在每一部电影中表达一些新的东西。我就好似一个画家，总是不断地画着同样一朵玫瑰。"

在他大半生的创作中，他很少被时代潮流左右过，总是坚持着他的家庭题材，总是那个温和隐忍的父亲，总是那个乖巧懂事的女儿，总是那个聒噪的姑姑，总是那几个演员，总是雷同的布景、动作、对话，还总是长年用着一样的麻布片头。

奇怪的是，这样的雷同产生一种只属于他的魔力。观众不管看多少遍，都感觉不到厌倦。就拿我来说，他的中晚期作品几乎全部看过，然而也说不出什么情节，只有一些人物音容笑貌的片段，不时闪现，一些静凝的空空无人的场景铭刻在心。仅仅是想到的时候，心中就涌起亲切感和眷恋感。这种感觉，就像埋首在旧家的被窝里，闻着那熟悉的味道，耳边传来厨房里炒菜的声音……真的不愿意只是一场梦啊！

正如德国导演维姆·文德斯的纪录片《寻找小津》中，和小津一起工作过的摄影师厚田回忆的那样:"小津一直希望通过稳定的电影画面传递日常生活的幸福感。"在他之前,在他之后,都没有导演能够做到这种效果。

与擅长的家庭伦理剧相比,战争片,是否就属于小津恕不能为的"炸猪排"一类?"泥中莲"式的美学,是否已难以胜任关于战争的残酷与宏大叙事?又或者,不拍战争片,是因为不肯再面对战争中的丑恶,无意处理个人与国家之间的错综义理?除了逝去的小津,谁也无从回答这些假设之问。

然而,战争是整整一代人的生命背景,无论如何回避不掉。而小津也并没有试图完全回避。在小津战后的电影里,总能不经意中,察觉到战争投下的耐人寻味的阴影。

这些阴影藏得很深。《秋刀鱼之味》是小津的最后一部作品。剧中,父亲在小酒馆里遇到了从前的下属,才知道,一直那么温和谦卑的老人曾经在海军服务过。老板娘放起了《军舰进行曲》。欢快的音乐中,大家互相行起了军礼。

这个必然会令其他亚洲国家观众感到不适的情节,在下文中不动声色地得到了补完。还是在小酒馆里,前军舰长官和前下属闲聊着。

"如果日本战胜了,又会如何?"

"不知道啊。"

"战胜的话,现在你和我就都在纽约。因为战败,如今的年轻人都崇洋,听着唱片,摇着屁股。战胜的话,那些蓝眼珠子的家伙们会变成武士头,边嚼口香糖边弹三味弦,那副狼狈相!"

"可是战败了反而好,不是吗?"

于是两人都心领神会地笑了。"战败了反而好",这样的话,如果让狂热的军国主义者听见,也会生气起来的吧?小津就是这样完全无视政治因素地说着他自己的故事。

在《早春》中,战友相聚时的一句"让战争见鬼去吧!"简洁干脆地把人们的日子拉回了正轨。

他把整个这场战争当作一个天灾式的无情无理之物。它从人们的生活中轰隆巨响着经过,带走他们的青春、梦想,一部分亲人与朋友。岁月流逝,青春堪缅,但,借助年轻时代的歌曲,缅怀的也只是青春而已。很欣慰又能回到生活中来了,生活在继续,无论多么艰难……生活本来不就是这样吗?

普通人的平凡一生,出生,成长,恋爱,结婚,育子女,老去,死亡。

打破了,失衡了,丧失了,破裂,重组,新的生命,新的节奏,新的瓦解。

叠被子、晾晒、吃饭、泡茶、下小酒馆子、散步、聊天、争吵、相亲、对付小孩子捣乱,还有出恭、放屁、出席婚礼和葬礼。日复一日，一代又一代。

　　小津描述的是这样稳定的"人"的生活，是你我大家"生而为人，生老病死，不能解脱"的生命困境，它关系到的是最基本最核心的人性，而不是在战争或政治斗争这样宏大叙事下被放大、扭曲、撕裂的人性。

　　从战场回来以后，小津的电影风格开始巩固。年轻时激进的一面不见了。没有强烈的社会诉求，没有戏剧化的情节，没有高潮，没有激烈的冲突，没有人物的情绪暴发，一切都静水深流着，水面上几朵诙谐的浪花……人生而为人的本质性痛苦，人生而为人的浮世之悲欢，成为主题。

　　他也渐次杜绝使用导演们常用的运镜技巧：摇镜、溶镜、淡进淡出、蒙太奇，不希望从镜头运用中，透露出任何导演的主观态度，他还不允许演员们过于发挥演技，宁可让他们处于一种僵硬茫然的姿态——小津的演员们回忆起来，都诉苦说被折腾得半死，还不知道自己在演什么。只能收工后大家默默地坐在一起，企盼小津导演明天会死掉。小津就是这样全面拒绝着对影片的诠释与表态。

　　所以看小津的电影，是收不到任何鼓动与提示的。你只能一个人坐在那里，动用自己所有的生活体验去看。

　　《东京物语》我看了很多遍。每一遍都以哭泣告终。笠智众扮演的爷爷，东山千荣子扮演的奶奶，总让我想起我过世的爷爷和奶奶，想起那么多未了的心愿，相处中留下的遗憾。他们也让我想起父亲与母亲日渐衰老的形容，想起他们曾经的年富力强，满怀期望，想起一家人共行的日子，想起终有一天，期望成空，各自分散，在不同的屋檐下，各自被时光与孤独吞噬——这是他们的命运，也是我自己未来的命运。

一想到这个，我就受不了。但小津认为，这就是人生啊。

通过低矮的榻榻米的固定角度，小津的镜头带我们凝视着日本人的家庭生活，不，更确切的说法是——正在崩散的家庭生活。小津的第一部有声片《独生子》，片头字幕上打出："人生悲剧的第一幕从成为父母子女的关系开始。"这并非流行的"冲突与对抗"的悲剧，而是关于"无常与丧失"的悲剧。

二十岁那年的小津，因服兵役，而去向外祖母告别。这只是一次并不长久的离别，但是——

"25日清晨，我在外祖母的面前行了好久没有行的两手接席的叩礼，然后特别认真地说'我要走了'。外祖母笑着说，下次再来。我不由得心里难过。30分钟以后，我倚在从津开往久居的轻便火车的窗边盘算着下星期天再上外祖母那儿去。但见窗外铁轨两旁红色的彼岸花正在怒放。

"我变得 Awfully sentimental（十分感伤）。

"咯噔，咯噔……轻便列车行驶在铁轨上，车窗外的彼岸花朝左右两侧退去。

"下次再来，几时重现，盛开的彼岸花。"

外祖母老了，轻松地说着下一次，下一次真的还会到来吗？二十岁时的小津，已经知道了人生无常的含义。在给同学的书信里，以不符年龄的感伤，写下了对生命的忧惧。鲜红的彼岸花，正是无常与丧失的代表。

很多年后，小津拍了一部名为《彼岸花》的电影。电影里并未出现彼岸花的镜头，但花朵所代表的意味浸润全剧，给看起来完满的结尾蒙上了阴影。

"今天婚礼，明天葬礼。"剧中人感慨道。

孩子们一转眼间就长大，要成亲，老朋友逐个凋零。难得的聚会中，大家吟唱起旧时代的歌谣，并非追念旧时代，只是光阴似箭，我们的时日已逝，只有一线歌声还承载着一点共同的记忆——在战场上度过的青春记忆。可笑的，又可怜的。

反对子女的婚姻，也并非拒斥新时代，只是岁月如梭，还未做好放手的准备。这是生命本身的无奈。新的盛开，老的死去，亲人之间的深切眷恋，最后的悲欣交集。这虚空与眷恋，是萦绕于小津每部影片的情绪,也是彼岸花那鲜红花朵所凝聚的意蕴。

但人世也并非仅有虚空与眷恋。"人生就是矛盾的总和,没有矛盾的那是菩萨。"《彼岸花》中,为女儿婚事气恼着的父亲,自嘲地说。说完以后,他也就像任何一个意志薄弱心肠不坏的人那样,接受了现实,并且轻松愉快地踏上了探望新婚夫妇的火车——像众多小津电影里的角色一样,他并不如表面上显现的那样轻松,不过,那又能怎么样呢?天气这么好。

小津终生未婚,与母亲相依为命。为母亲送葬的那一天,也是个好天气。小津日记中写道:"上下已是春光浪漫,樱花缭乱。散漫的我却在此处为《秋刀鱼之味》烦恼。樱如虚无僧,令人忧郁,酒如黄连苦,入肠是苦。"

将人生的虚无翻转过来,另一面是饱满鲜活的尘世生活。

小津喜欢用红色,人们所熟知的"小津红"。《彼岸花》是小津的第一部彩色影片,以小津最心水的那把走位飘忽的红色水壶为代表的各种红色道具,点亮了构图清简而严谨的每一幅画面。让人由衷感受到生活本身的魅力。不管人世沧桑,有一种生之力,永远地在勃发着。

小津红,不是彼岸花那种带有强烈感官刺激的鲜红,而是带点橙色调又降低了亮度、柔和的暖红色。有一天，我在阳台上摆弄着花草，忽然想起来，什么嘛！那明明就是雁来红的颜色啊！

前几天重看彩色版的《浮草》，这是小津作品中最具喜剧色彩的一部。世故油滑的草台班子班主，带着各怀异志的成员奔走江湖。谁能想到，在这偏僻小岛上竟有他年轻时代的相好，还有一个只能以叔侄相称的儿子。

江湖艺人本就佻达，加上小津的精妙设计，这部电影很有不少令人爆笑的场景。然而打底仍是家常，仍不外乎人情伦理，聚散离合。当白发萧疏的一对老情人，终于相对而坐在小院里，也无甚多余的话要讲。在他们身后，在那垒得整齐的石墙边，就种着一排雁来红。暮色升上来了，雁来红无声伫立着，带着一抹晦暗而执着的暖意。坐在一起的老人面色平静，无有怨怼，也无有悔恨，多年相好成夫妻，有的只是无言的体谅。

雁来红的颜色，真的很符合人到晚年的心境，不再热烈，却自有一番沉稳，怪不得中国人又叫它"老来红"。其实花形谈不上有多美，植物学上来说和鸡冠花是同类。小时候在桐城老家，雁来红是最常见的花草。人家屋檐下，水井畔，青石板街道的路边上，鸡走狗跳的矮墙边，到处都有它。随便地开，杂哄哄地红，晴天，其上飘扬各家晾晒的衣物。雨天，它昂然披一身雨水，也并不显寂寥。偷花惹草的熊孩子，不爱去采折它——到秋天，遍人家有的是桂花、月季、美人蕉、蜀葵、各色菊花呢！

电影《小早川家之秋》，讲述一个家庭因老父猝然离世而走向崩散的故事。这一家的庭院里种着哪些花呢？高大的、顶红戴黄的"叶鸡头"，花蕊可以吮出蜜汁来的一串红。而一大丛雁来红是占绝对地位的主角。这些花是小津亲自播种，浇水的，一直等到花开，才开拍了电影。电影里人歌人哭，人来人去，雁来红总在背景里。

父亲突发心肌梗死的夜晚，突然空寂下来的玄关，只剩下高挂的天蓝色灯笼，庭院里的雁来红，那温暖的红色，在月光下晦暗了，一排暗红的阴影，一动不动……把观看者的心也变得冰冷。总是这样，无常总在人们欢乐的时候来临。

小津自己住家的院子里，也一直种着雁来红。

"中国也是到处盛开雁来红。我在桐城、固如、光州、信阳等地倾塌的民宅向阳处和路边看到时，想起那天的山中和高轮的院子。"

当年行军于中国战场上的小津，在倾塌的民宅边看到它，想起了在日本的家，想起了友人。友人山中贞雄也是大有前途的新秀导演，在入伍从军前，到小津家告别，见到院中的雁来红，不禁夸赞起来。"小津,你的花种得很好嘛!"小津是这样记载那一天的:"院子里,雁来红在秋日的阳光下盛开,有股无法想象此刻上海正在激战的宁静。"山中后来死在中国的战场上了。

在开着雁来红的中国战场上,死了更多的中国人。

我家的雁来红,是朋友从日本寄来的种子。种出来,却跟小时候家乡所见一模一样。只是这花长得高大,和城市楼房大不相宜。用花盆栽了,头重脚轻,夜里黑压压一排站在阳台上,猛地一看,倒像进了贼,叫人很吃一吓。

种雁来红是要有土地,有院子的。要有经年陈旧的墙垣,居家一天天的烟火气来配合它。它才舒展得开。一个又一个秋天,孩子们从它身边欢叫着跑来跑去,年轻人偶尔驻足,眉间眼角带着酸甜心事,眼神不经意地掠过它。只有子女长成,人生将落幕,它的姿容才会静静映照进你的眼眸。它是人世之秋里,平静、谦恭、温暖、素朴的花。

如果要为小津镜头底下的理想生活找一个代表,我想雁来红是适合的——这安居于祖辈庭院中,寄托着人们现世之爱的花。

如果能坐在开满雁来红的庭院内,谁还会想着战争呢?可是,总有一种力量存在着,阴魂不散的,不是在这里,就是在那里,要把人们从庭院里驱赶出来,一直驱赶到弹雨炮火中去。让原本只是厨子、裁缝、木工、教师、医生、农民、学生、商人……的他们，拿起武器，互相屠戮。

这才是人世中最令人悲伤和恐惧的事情。

道旁的牵牛花呀

每年都会在露台上种几棵牵牛花。

第一棵是二〇一二年种下的。日本的大轮朝颜，据说系出名门。种子在前一年入冬之际，被殷勤的友人从东京某个庭院的竹篱上采下，密封在雅致的纸袋里，漂洋过海，来到合肥，落入这户内外半点绿色皆无，主人又好吃懒做的人家，可谓是遇人不淑了。

感激厚意，到小区的竹林挖了点土，种了下去。很顺利地发了芽，也没怎么照顾，就兴致勃勃地自己爬到北阳台的防盗铁窗上了。迅捷如一匹绿色的小动物。有时候经过客厅，看到阳台上那一片招摇的绿色，不禁打一个愣神：确实比原来那种光秃秃好看多了呀！

八月份开了花，花极繁，每朵有羽毛球大小，颜色介于紫与玫红之间，其妖娆大方之姿，确非本地品种可比。本地我所见到的牵牛花，多野生。垃圾堆也好、拆迁到一半的残垣断壁也好，还有人家小区的围墙，但凡能有个立脚的地方，它们就拼死爬上去。花朵拼死也长不了多大。小小的、伶仃地吊在纤细的藤蔓上，走在微凉的秋日清晨里，看到它们，人心里自然起了一层秋思。郁达夫在《故都的秋》里说，牵牛花以"蓝色与白色为佳，紫黑者次之，淡红者最下。"他大概是觉得对于萧飒的秋之气味来说，淡红色显得太柔和了，不够"来得清，来得静，来得悲凉"。

郁达夫对风景有着诗人的感伤。牵牛花如果有知，是不理会这些的，红色的牵牛花会说："我红我高兴，关你什么事。"

诗人的诗性特长，就是"万物皆关己心"，各种强行代入。中国诗人传统上对牵牛花不待见。中国诗人不待见一切牵藤蔓枝的植物，恨它们攀爬依附，把对奸佞小人、投机分子、软骨头的厌恶，都移情到它们身上。苏轼、苏辙兄弟俩，很友爱的一对君子，谈到园艺时，便一递一声地，将牵牛花黑了个透。弟弟说："牵牛非佳花，走蔓入荒榛。"天资低劣的不良少年，偏要结交匪类。哥哥便道："偏工贮秋雨，岁岁坏篱落。"看吧，果然不负众望长成了个坏蛋！连花草习性，当年生当年死，也是不该："嗟尔危弱草，岂能凌霜晨。"

牵牛花籽可以入药，本草上说叫"黑白丑"，缘结籽有黑有白，丑为"丑牛"之故。宋代有位叫陈景沂的诗人就说了：

> 牵牛易斯药，固特取其义。安用柔软蔓，曲为萦绊地。汝若不巧沿，何能可旁致。始者无附托，头脑极细孱。一得风动摇，四畔乱拈缀。搭著纤毫末，走上墙壁际。倪得梯此身，恋缠松竹外。吐花白而青，敷叶光且腻。浥露作娇态，舞风示豪气。便忘抑郁时，剩有夸逞意。讵言松如竹，如我兄与弟。下盼兰菊群，反欲眇其视。如此无忌惮，不过是瞒昧。教知早晚霜风高，杪表何曾见牛翠。

全盘抄了下来，只因确实是篇骂人典范。诗人骂人，胜在形象生动，酣畅淋漓，以声情夺人。好比祢衡击鼓骂曹，骆宾王写讨武檄文，难道是真的摆事实讲道理？事实与道理，讲多了架就打不成了，大事也干不下去了。所以好的宣传家，总是有点诗人气质的人。

诗人老陈的观察十分细致："始者无附托，头脑极细孱。一得风动摇，四畔乱拈缀。"看得我发大笑。牵牛花在小苗期，可不就是这个凄惶样子吗！那样细弱的枝条，颤颤地在空气中抓摸，看得人心焦，便插根细竹枝在边上，顺手把梢头搭上去，才放心地走开，内心有日行一善的欣慰。

南宋词人蒋捷写秋天起一绝早,要赶路,所见景致是:"月有微黄篱无影,挂牵牛、数朵青花小。"词句俏巧,色彩极其微妙。像一帧摄影师蹲守及时,光影恰到好处的摄影小品。入镜的事物很简洁,但关于这个秋晨的一切都交代了。知道将是一个晴天,天上有云,有风,有雀子,草尖有露水,身上微凉,心中有愁,没着没落的,柔软中带一点凄惶的心情。后面又紧捎上一句:"秋太淡,添红枣。"到底嫌牵牛花的色调太冷了。圆润的小红枣子在枝梢这么一挂,整个画面的风格又变了,变成了一幅色调谐和,柔润无尘的恽南田的画了。

他这里的牵牛花,是很传统的那一种,如今各处郊野都可以见到,花朵小,花量少,每天只开寥寥的那么几朵。花苞是浓凝的靛色,到末梢过渡为极柔嫩的鸭蛋青,开放后,花瓣呈现黎明时分天空一样的青色。每次看到它们的时候,我都会心头微悸:野花而已,怎么可以开成这样忧郁,又这样无辜?

陆游有首诗写民间的女儿,采桑种麻,不知繁华。嫁也嫁在家门口,娘家婆家,抬足便到。也是爱美的:"青裙竹笥何所嗟,插髻烨烨牵牛花。"烨烨两字用得何其明艳。这必然是暖色系牵牛花:绯的、紫的、粉的。

牵牛花黎明即开,到了早上八九点钟,便要谢了。我家的这棵,更因花朵硕大，甫一盛开，饱满的碗口，就会从上半部耷拉下来，显出困乏的样子。摘下来，则萎得更快。这位村女髻上戴朵牵牛花，依我之见，倒不如插朵木槿来得持久——木槿也是夏秋之际，竹篱树墙常见之花。

牵牛花原产美洲，最迟宋代已经传到中国来了。不料中国人讲究气节，名花佳卉又多，上不得大雅之堂。又传到日本，受到了隆重对待，成为"秋七草"之一。秋之七草：萩、葛花、抚子花、尾花、女郎花、藤袴、朝颜，典出奈良时期的诗歌集《万叶集》。"朝颜"原指桔梗或木槿，牵牛花出现以后，渐次将二者取代。

牵牛花在日本，培育出了无数品种。手头下载了一本米田芳秋的《朝颜色分花图鉴》电子书，仅大轮朝颜一类，便收纳有三百五十个品种。无事时翻看那些花名就觉得美好。比如"桃霞覆轮""浅葱霞覆轮"，简单的形与色相加，立刻如见朝霞旭日之丽。

常到一家卖日本朝颜种子的网店去看，后来又摸到店主的博客，就为了看那些花与名。顺便看看她家的猫。有一种叫"富士之空"：底色是深邃的蓝，花瓣有一圈白边，从花心至花瓣边缘，呈放射状飘浮着的白色云纹，花心深处，又涂抹了清晨第一缕霞光的绯红。"加茂河之川流"，也是蓝色系，幽蓝底上有无数晶白光芒飞过，名字据说是来自一条当地河流，那该是多美丽而激烈的一条河流！"纱矢佳"

是极爱娇的桃红,花瓣有丝绸光泽,不禁让人联想起少女洁净的内衣,咦?失礼了!

每年七夕,东京入谷的鬼子母神社,照例举行"朝颜市",与"炎天""夕立(夏季傍晚的阵雨)"和"蝉时雨""萤笼""线香"之类,各成为"夏的风物诗"之一种。我很喜欢这种对物候的郑重其事,好像临终的时候,可以欣慰地说道:"我呀,可是认认真真,确确实实地亲自度过了一个又一个有生之日哟!"

"城里不知季节变换",《北国之春》已经这样唱。都市人与物候到底是久已睽违了,所以要用节日、庆仪来提醒。少时我在南方小城。那种若遭父母追打,几步就能蹿到田野里,放学路上可以偷盗瓜果的半乡村式小城镇。每年清明、端午、中秋……数着日子期盼。因为清明可以申请春游,上山采映山红,提篮子挑野菜,包荠菜饺子,煎蒿子粑;端午有青皮溜圆的咸鸭蛋揣在口袋里,成串的五香蚕豆挂在脖子上,女生文具盒里放一枝白栀子,上课时文具盒半掀半盖,心中得意,人坐得端正。腋下夹着艾叶蒲草的人,在大街小巷里走。能穿塑料凉鞋了,所以又盼下雨。梅雨天从不爽约,天地间变得清凉安静,主妇们嘀嘀哝哝地抱怨,霉在墙壁上变换形状,孩子们打着伞,踢踢踏踏地在路上来回蹚水。再后面就是悠长的夏天。

雷阵雨、雨后的红蜻蜓、知了合唱团、萤火虫的草间戏,一只青蛙四条腿,咕咚一声跳下水……样样都是有的,还有总是忘了做的暑假作业。人晒得油光光、黑亮亮。再懒洋洋走在上学路上时,牵牛花就开了,我们叫它"喇叭花",小喇叭朝天吹打,带着露水,在屋墙与树头越爬越高,怎么就那么有精神呢?因为不用交作业的缘故吗?

日本诗人写牵牛花,是另一种风格。松尾芭蕉咏《道旁朝颜花》:"我骑行道上,马食道旁花。"同样早起行路,他这心境可真悠闲,马也懒懒散散的,相信田园之乐永兹在兹的笃定。加贺千代女说:"吊桶已缠牵牛花,邻家乞水去。"一夜之间,牵牛花长得这样快,应该是昨夜下了雨。泥土的腥气在阳光下蒸腾,井台边长着青苔。女人木屐的声音,看到花开时的唇边轻喜……所有吟咏牵牛花的诗中,我最爱这一首,在日常的劳作中,花与人都无心,不起任何比附与寄托,故满载着只是生之欣悦。

与谢芜村有一则《涧水湛如蓝》:"牵牛花啊,一朵深渊色。"深渊色是什么色?大约是蓝紫色,颜色太深邃了,凝视久了,像一个漩涡,要把人的神魂吸附进去……娇艳、柔嫩、速朽的花朵……

蓝紫色牵牛我也有种。也是日本的大轮朝颜,在那家网店买的。然而并没有种出深渊的颜色。倒是与其他红的、白的混在一起,渐渐地变了种。次年收了种子再播时,个个都跟去年不一样了。

牵牛花异花授粉易串种，所以有经验的人种牵牛花，总要对不同品种进行隔离，或者有意地杂交，以育出新的花色。中国第一位系统开展牵牛花品种培育的，估计是京剧大师梅兰芳了。梅兰芳平生最爱种牵牛，种了一院子，暇时就孜孜于新品种的试验，却是受的日本园艺界启发。

梅府牵牛花，为当时文艺界一绝。齐白石笔下便常有梅府牵牛。

牵牛花本就为国画家所喜，以其姿态入画，藤蔓纤柔，掌叶纷披，天然一段风流体态。然而白石老人所画牵牛，与他人不同，毫不见风流。我每每翻画册见了都要绝倒。比如一幅无年款的《牵牛蜻蜓》，花色既已浓艳，又朵朵举首朝天，立得笔直，这已经不是"喇叭花"三字可比拟了，根本是星期天早上一支兴高采烈的铜管乐队，又像一队腮帮子抹满了胭脂去赶集的俏村姑，就是那个又热闹，又天真、朴野、好看的劲儿。郁达夫如果看到这个，简直要晕过去，这还是北平的秋吗？

齐白石五十七岁那年入京，随齐如山走访梅兰芳，故得见梅宅牵牛花，尝于画作题跋中言道："京华伶界梅兰芳尝种牵牛花万种，其花大者过于碗，曾求余写真藏之。姚华见之以为怪，诽之。兰芳出活本与观，花大过于画本，姚华大惭，以为少所见也。"又有："百本牵牛花碗大，三年无梦到梅家。"可见白石老人画的碗大牵牛花，是有现实基础的。亦可知他画的牵牛花,并非时人习见的本地品种。

那时齐白石初入京城,老"文艺青年"北漂,名声不振,画风又不受时人待见,画卖不出去。社交场合也没什么人搭理。有一次参加文化界宴会,还是梅兰芳过来恭敬地打招呼,举座大惊,才把老头子从冷板凳上扶了起来。后来齐白石赠梅郎《雪中送炭图》,跋道:"曾见先朝享太平,布衣蔬食动公卿。而今沦落长安市,幸有梅郎识姓名。"

所以梅郎对齐白石是有过扶携之义的,文化界——也从来都是势利眼儿。这两位都不能算正统意义上的文化人——一个是世俗所谓"身为下贱"的戏子,一个是木匠出身的画师,斗转星移,后来都成为家喻户晓、文化国宝级的人物。这两位身上,都有股子来自草根的朴质、执着劲儿,真有点像路边的牵牛花一样。出身不雅,然而终于成就大雅。最难得的是,一个没有名角气,一个没有墨客骚人气。

白石老人晚年,直到八十余岁,所画牵牛花,仍是生命力满满,极尽憨野天真之趣。他又喜欢画"老来红",又名"雁来红""老少年"者,秋天中国南北最常见的花朵,画得极显红花墨叶之大写意本色,甚至满幅皆丹朱设色,艳到极处,却毫不见俗,把秋天画得如此明朗有生机,又潇洒有风神的,也就齐翁一人了吧。

齐白石的草虫儿最受普罗大众欣赏，工笔精细，栩栩如生，只只都带野气灵性。他说自己也跟这些草虫儿似的，一生是在"草间偷活"。这话说得辛酸，又可爱。白石老人出身乡野，少年时插秧、砍柴、种菜、担水，农活样样都做得好。后来画画的时候，田间瓜蔬、虫蚁鱼虾、野草闲花，甚至农具器物，样样都拿来入画，并不觉得有什么不好。跟传统风雅的文人画家相比，他本性上是亲近自然的，身上存留着农人的气息。有一次我看到他画的黛玉葬花图，笑得要死。好生健朗的一个林黛玉，一低头现出双下巴，提了一柄丈许长的农家乐锄头，挎着一个能装上三四只老母鸡的竹篮子，真是今古罕见。

牵牛花南北都有。然而北京的牵牛花，特别的有精气神儿。出镜于文化人的笔墨下，也鲜亮地装饰着普罗大众的小日子，特别吻合北京城的气质：海内百川浑不吝，富贵的，贫贱的，都活出自己的范儿，有滋有味，不紧不慢。

老舍先生有一篇文章，叫《想北平》，他是这样描述老北京城气质的：

> 花草是种费钱的玩艺，可是此地的"草花儿"很便宜，而且家家有院子，可以花不多的钱而种一院子花，即使算不了什么，可是到底可爱呀。墙上的牵牛，墙根的靠山竹与草茉莉，是多么

省钱省事而也足以招来蝴蝶呀!至于青菜,白菜,扁豆,毛豆角,黄瓜,菠菜等等,大多数是直接由城外担来而送到家门口的。雨后,韭菜叶上还往往带着雨时溅起的泥点。青菜摊子上的红红绿绿几乎有诗似的美丽。果子有不少是由西山与北山来的,西山的沙果,海棠,北山的黑枣,柿子,进了城还带着一层白霜儿呀!哼,美国的橘子包着纸,遇到北平的带霜儿的玉李,还不愧杀!

是的,北平是个都城,而能有好多自己产生的花,菜,水果,这就使人更接近了自然。从它里面说,它没有像伦敦的那些成天冒烟的工厂;从外面说,它紧连着园林,菜圃与农村。采菊东篱下,在这里,确是可以悠然见南山的;大概把"南"字变个"西"或"北",也没有多少了不得的吧。像我这样的一个贫寒的人,或者只有在北平能享受一点清福了。

老舍先生到底没能享受完那一点清福。北平的房价,谁又能料到后来会涨到那么凶猛。世事多难料。

二〇〇一年,我在北京,租住在南三环。那时房地产还未兴旺,三环的房子才卖三千来块钱。清晨起来去上班,走到公交站之前,要经过一大片树林子与野地。已经是初秋了,北京的秋天确实是它一年中最令人开心的季节。也不刮风了,也不晒了,天在特别高的高处,下死劲地蓝着,蓝得叫人想唱歌。叶子还没来得及发黄,秋花都在积极地开。道旁的大月季呀,民房前面瓦盆里的鸡冠花、雁来红、千日红、黄菊花呀,都开着。怎么会少得了牵牛花呢?它爬在林间的空地上,绕着树干爬上去,爬一会儿又懒怠了,从树干第一个分叉的地方,就把头垂了下来,袅袅地随风晃悠着。都是小巧的本土牵牛,蓝的、紫的、白的、水红的……真好看。有一个老头儿,在树林里吹唢呐,吹的是《百鸟朝凤》,他每天早上都在这个地方吹。唢呐的声音明亮得像带了黄金光芒,旭日东升,也真是让人怀念的时光。

自从种下第一盆牵牛花之后,就不可收拾,陆续种了许多品种的花,把南北两个露台都种满了。花是要打理的,春天施肥换盆育苗,夏天早晚两次浇水,秋天剪枝,冬天把花搬进屋内避寒,一年四季都要除草、杀虫……每天多了好些事情要做。然而不觉得厌倦。种花的人,就是在周而复始的劳作与期盼中,重新见识了季节,体会到时光的确切性,从此日月轮回,节气分明。

牡丹是熟女

恽南田的牡丹画得美，画得高贵，但总是含愁带悒，看得久了，会让人心里难过起来。康德说："有一种美的东西，人们接触到它的时候，往往感到惆怅。"沈从文说："美丽总是愁人的。"但恽南田的牡丹，并不是这种审美意义上的"惆怅和愁人"，它是一种情愁，它内在的情绪就是忧郁的，是一个藏了很多心事，又极含蓄自持的人，才会画出来的花朵。

牡丹花本来不该是这样子的吧？牡丹花又应该是什么样子的呢？

去过河南洛阳与山东菏泽。中国两大牡丹之乡，每年都举办牡丹节。花种得以百千亩计,漫山遍野,品种应有尽有,旁边贴心地插上小木牌,标注着芳名。四月的春阳已经不好招惹了,我把外套脱下来,顶在头上,挤在人潮里乱走,这边走,那边走,东边看见一群魏紫,西边碰上一群姚黄,拐个弯儿,又撞见好大一片"玉版白"的方阵,白牡丹盛开,融融泄泄,像往地表铺了一层雪——晴空下的积雪。如果下雨可就不得了,秒变一地的卫生纸。是啊,赏牡丹不宜雨天,薄软华丽的花瓣,经了雨水,就皱成一团,蔫耷耷地垂下来。

牡丹节的牡丹没有给我留下强烈的印象,因为热、挤。牡丹也并不宜于广植群居,如古琴不宜群奏,太极拳不宜打成团体操。

欧阳修《洛阳牡丹记》说:"洛阳之俗,大抵好花。春时城中无贵贱皆插花,虽负担者亦然。花开时,士庶竞为游遨,往往于古寺废宅有池台处为市,并张幄,笙歌之声相闻。"处处张幄,是护花,也是为赏花者的舒适着想。这样赏花是很享受的。花事融入日常,随心所至,尽情恬游。连贩夫走卒辈,身上都带着那么点儿浪漫悠闲。

有几年春天,游客还没那么多的时候,我到皖南的乡下去,看到家家门前都种着牡丹花。青砖垒起的小小花坛,里面种着一株,或两株,或红或紫或白,花大如海碗,才感觉到:啊哈,这才对!

牡丹必须有阑干倚护的,好像国王有他的宝座与冠冕。在乡下人家屋前盛开着的牡丹花，自有一种俨然的美丽。每一缕春风吹过，都使它的美壮大了一分。

皖南乡下，民居尚存旧时风貌，朴素的白墙黛瓦，进去了才发现回廊四合，自成一个天地。一进进的庭院，套着小小的阴凉的天井，天井里种了天竹、芭蕉、蜡梅，用雕花的石头缸，养着小红鲤鱼。飞翘的屋檐上蹲着护家安宅的神兽，四平八稳的梁木上雕了各种好意头的图案，窗格上雕刻的蝙蝠、寿桃寓意"福寿双全"，待客的堂屋里挂着中式字画，下面是八仙桌和条案，条案上放着座钟、花瓶、镜子——取"终生平静"之意。

外面春日迟迟，路上少有行人，狗高卧在路当中。母鸡带着幼崽在草丛里穿行，母鸡的叫声低沉稳重，小鸡的叫声是一连串胆怯的叽叽，斑鸠和布谷鸟在四面八方叫，谁家正在逗弄小孩，单调的、重复的、不厌其烦的欣悦之声……这些声音叫人昏昏欲睡。远远的青色田野上，一片一片紫色云霞似的红花草……

朝九暮五的城里人到此真是情难自禁，起田园之思。然而也只是瞎思思而已，住在乡下到底有许多不方便。单工作就找不到。

城里人想种株牡丹不易。牡丹没办法种在花盆里，种了就难以开花。花市每年春节前后，开卖用缸装的牡丹花，花都开好了，既大且繁，旧式年画一般的浓丽，陶瓷缸的外壁上，烧出"富贵平安"

字样。一缸叫价四五百元。许多客人都驻足观看,脸上是惊艳和犹豫不决的神情。其实都是在大棚里种好了,连土填到缸里上市,只能开一季的。

我父母家曾有个小院子。记得是二〇〇五年,在花展上花十五块钱买了一株魏紫,就似一截树根,在院子最东边靠墙种下了,又用砖块与水泥砌了花坛。第二年春天就开花了。然后年年开,年年都开得很好。每年花开时,母亲都会兴致勃勃地拍照片。

想牡丹开得好,就要肯下肥。我们家是冬天在花根附近埋鱼肠,有时在院子里洗鱼洗肉的水,随手泼过去。牡丹的根易招虫来吃,春秋季在土里埋几粒"土虫丹"之类的杀虫剂。

院子里还有一架巨峰葡萄,一棵无花果,几棵月季,很多的菊花脑。菊花脑的嫩梢掐下来,和鸡蛋打汤,滋味清新微涩,秋天照样开一地摇曳的小黄花。四月份牡丹谢后,很快粉紫嫣红的十姐妹蔷薇爬满了栅栏,继之以金银花、栀子花,花的香气里,梅雨季又来了。

一楼房屋的弊病是阴湿,每到梅雨,四墙从下往上漫延着潮迹。地板总是湿的,厨房砧板、竹筷、洗衣机内壁、柜里过冬的鞋……统统长霉。父母年岁大了,渐渐禁受不住这样重的湿气,不是腿痛,就是肩痛,一家人反复商量,终于发狠卖掉,重换了一套高踞十八层楼上的房子。

于是和那株魏紫,和小院子、小院子里所有的花木告别了。搬家是在二〇一六年十月。葡萄已挂果,觊觎的鸟儿还未从天空下来。

前些时候,从那附近经过,便犹豫着是否去看看?走到小区门口,还是放弃了,到底是情怯。那些花还在,或不在,开,或不开,对于离开了旧居的人,都不会观感愉快的。买主是一户热爱打麻将的人家,想来也无意照管它们吧。回去和母亲感叹,母亲笑笑说:"这也是没有办法的事啊。"现在他们只在阳台上用花盆种了一点蒜。

佛经说,世间万物,都有常、住、坏、空。确实是没有办法的事情。

咏牡丹的诗文太多了,李白《清平调》三章,大概是最为人熟知的。

云想衣裳花想容,春风拂槛露华浓。若非群玉山头见,会向瑶台月下逢。

一枝红艳露凝香,云雨巫山枉断肠。借问汉宫谁得似,可怜飞燕倚新妆。

名花倾国两相欢,长得君王带笑看。解释春风无限恨,沉香亭北倚阑干。

又要咏花，又要赞颂美人——讨美人那皇帝老公的欢心，实现自己安邦治国的大志向，所以既要竭力歌颂，又不能显得太庸俗。美人长得如何，应是也未细看，只堆砌些俗套来作比：瑶台仙子、巫山神女、赵飞燕……想一想都替作者为难。

李白其实和牡丹花不搭调。一切具体细而微的人间花木，和李白都不搭调。他一身酒气拂拂，眼中心里都是天大地大，要踏海、逐浪、仗剑横行，要飞身上天揽月，他最好的诗里，常常有一股发酒疯、洒狗血的劲头。要么就是清新朗阔，平易天真如赤子。他和官场和宫廷也是不搭调的，他却一生都自以为搭得上，搭得很！仰天大笑出门去，痛饮狂歌空度日。

后世小说家言，讲高力士向杨贵妃进谗言，说诗里拿赵飞燕来比她，是讥刺奸妃祸国的意思。妃子遂吹枕头风，使李白不能受重用。其实唐人写诗，多以汉朝故事附现实，汉宫飞燕也不过是赞颂美人的套话。只不过环肥燕瘦，吨位也差得太多——如果杨妃像现代人一样闹减肥，听了应当很高兴吧！

堪为历代咏牡丹诗卷首的，是一位不算知名的诗人李正封的诗句："国色朝酣酒，天香夜染衣。"单这十个字，写尽牡丹身份，当时便传为绝唱。唐玄宗在宫中听到，因笑谓杨妃："妆镜前饮一紫金盏，正封之诗可见矣!"六十多岁的君王,情话说得不赖!

渔阳鼙鼓动地来。大乱之后,明皇自蜀返京,便派人去马嵬坡寻妃子遗体,然坟中空空,只余香囊一只。好事者便有各种猜疑。"上穷碧落下黄泉,两处茫茫皆不见。"最后芳踪居然被指向了日本。日人煞有介事地宣扬着"贵妃诈死东渡,且留下后代"的传说。也难怪啊,日人"红颜祸水"意识不强,又正在仰慕学习唐国文化,而杨贵妃正是大唐一切过往辉煌的代表——她美,她丰盛,她高贵,万千宠爱在一身,她是大唐帝国独一无二的那朵牡丹花。

晚唐人段成式的志怪笔记《酉阳杂俎》上有个故事。讲某一日,琵琶国手贺怀智侍奉宫中,正演奏时,贵妃的领巾被风吹拂到他的幞头上。怀智不敢动。回去后觉浑身异香,遂把幞头收入锦囊珍藏。后来明皇日日追思妃子,怀智遂进献锦囊。明皇打开一闻,便落下泪来,说:"此瑞龙脑香也。"

"天宝末年,交趾贡龙脑,如蝉蚕形。波斯言老龙脑树节方有,禁中呼为瑞龙脑。上唯赐贵妃十枚,香气彻十余步。"

国色已逝,天香犹在。气味是最长久的记忆,气味是逝去者的遗言,是丧失者的牢笼。李隆基是爱过杨玉环的吧,像每对世间情侣那样地爱过。

唐文宗大和九年(公元835年)十一月二十一日,发生了唐史上著名的"甘露之变"。唐文宗李昂不甘继续受把持朝政的宦官欺辱，遂与李训、郑注等臣子密谋，要诛灭宦官势力。李训担心事成之后，郑注功劳高过自己，擅自提前行动，意图将宦官与郑注一同诛杀。出乎这位阴谋家的预料，匆忙之中，伏兵暴露，宦官反杀，当日上朝的大臣，无论是否参与预谋，大半惨死于朝堂之上。随后的大搜捕中，遇难者以千计。写下著名《牡丹赋》，深受唐文宗信任的舒元舆，即其中之一，遭腰斩，族诛。

此后七十年间，宦官的权势达到高峰，迫胁天子，下视宰相，陵暴朝士如草芥。直至朱温篡位，唐朝灭亡。古往今来多少辉煌帝国，俱逃不过"成住坏空"。

舒元舆的《牡丹赋》是一篇很怪异的赋文。这里的牡丹，充满着血肉骨气，是活生生的、情感浓炽的：

> 暮春气极，绿苞如珠。清露宵偃，韶光晓驱。动荡支节，如解凝结。百脉融畅，气不可遏。兀然盛怒，如将愤泄。淑色披开，照耀酷烈。美肤腻体，万状皆绝。赤者如日，白者如月。淡者如赭，殷者如血。向者如迎，背者如诀。拆者如语，含者如咽。俯者如愁，仰者如悦。袅者如舞，侧者如跌。亚者如醉，曲者如折。密者如织，疏者如缺。鲜者如濯，惨者如别。

怎么会有人这样写牡丹呢？这样的牡丹花，美则美矣，美得残酷，美得暴烈，让人深感不安。这样的赋文也不宜于诵读，密集的入声韵脚，产生过于急猛的悲愤感，读一会儿，是能把人给读噎住的。

在又一个牡丹怒放的暮春，幽禁于后宫中的唐文宗，凭栏而望，念诵着《牡丹赋》中的句子，独潸然而泪下。

唐朝国运，一困于宦官乱政，二困于藩镇割据。唐传奇中聂隐娘的故事，即是以藩镇割据为背景的。那时看导演侯孝贤拍的电影《聂隐娘》，有一个场景令我印象深刻：嫁入藩镇的公主，端坐在白牡丹花丛中抚琴，弦断音绝。

这里的牡丹，就是舒元舆《牡丹赋》中的牡丹，充满人世间的浓烈情感，又幻美似妖，似仙。整个片子的气氛、节奏，隐忍沉默的聂隐娘，都让我联想到《牡丹赋》——幻美而华丽，抑屈且不祥。所以看到结尾，聂隐娘作为一个天注定的刺客，居然选择了不杀，春秋大义、师恩与旧情人一概不理，带着个路上捡的外国流浪汉，拍拍座下驴屁股，跑了！不由人不鼓掌：干得漂亮啊姑娘！侯孝贤给这个旧的故事注入了新的内容，面目模糊的剑侠故事有了血肉灵魂，成了"人"的传奇。天道无亲，人道有情，这女孩不肯受命于天，亦不要困于情，一寸短匕一寸险，她挥腕，运匕，劈开了一重又一重的枷锁。如鸟在天，鱼在水，隐入了天地山川。

这部片子里美人众多，我最爱慕者，倒不是舒淇的聂隐娘，而是她的妈——咏梅扮演的聂田氏，雍容之态，庄肃之姿，真像一朵千叶白牡丹啊，玉盘随露冷，一笑作春温，符合我对熟女的所有想象。

杨玉环以女道士身份入宫时二十七岁，身死时三十八岁，正是一个女人臻于熟美的年龄。

牡丹是熟女，这毫无疑问。

紫藤里有风

汪曾祺写过一个故事。写一个卖水果的,与一个著名画家,成了知音。画家画了紫藤,卖水果的说"好"。好在哪里?"紫藤里有风。"你怎么知道的?"花是乱的。"有一次看齐白石画的紫藤,满纸春光迷醉,又龙蛇影动,春之力沛然。齐老画的这紫藤就是乱的,花一乱,人的心就跟着乱。

中国画家喜以紫藤为题材。大概一是因其藤之苍劲虬曲,特别适宜水墨线条;二是因其花串圆润摇曳,意态多变而可爱。

西洋画家也画紫藤,比如莫奈,更取其色彩与光影变幻。莫奈在他巴黎郊外的吉维尼花园中,手植有一棵紫藤。《日本桥》与《睡莲》

系列画作中，在桥上云雾一般的浓绿苍碧中闪烁跳动着的紫色光斑，就是纠缠在垂柳叶片中的紫藤花。

紫藤原产中国、日本、美洲，是世界性的花。中国至少在唐代就人工引种紫藤了。

白居易有诗道："慈恩春色今朝尽，尽日裴回倚寺门。惆怅春归留不得，紫藤花下渐黄昏。"末句又作"紫藤花下怯黄昏"（宋·吴可《藏海诗话》），我觉得"怯"要比"渐"来得更有意思些。想想看，一树藤花迷离的紫，就这么在眼前一点点地沉没到暮色里去，难道不是很让人心中发慌吗？

白居易是不怎么喜欢紫藤花的，曾作长诗以批判之：

> 藤花紫蒙茸，藤叶青扶疏。谁谓好颜色，而为害有余。下如蛇屈盘，上若绳萦纡。可怜中间树，束缚成枯株。柔蔓不自胜，袅袅挂空虚。岂知缠树木，千夫力不如。先柔后为害，有似谀佞徒。附著君权势，君迷不肯诛。又如妖妇人，绸缪蛊其夫。奇邪坏人室，夫惑不能除。寄言邦与家，所慎在其初。

说紫藤是奸佞小人，又如不贤之妇，写写诗罢了，要不要这么刻薄？白居易爱好烧丹，晚年又大搞房中术，就为了求长生。我猜想，他讨厌紫藤，或许是出自一种下意识——紫藤花开，如云如霞，似梦似幻，其形与色，生命的无常感太强了。

与紫藤花最相衬的诗人是秦少游。少游一生多情，情深不寿。少游作词，才思惊人而多凄丽，幻灭意识浓厚。如"雾失楼台，月迷津渡，桃源望断无寻处。可堪孤馆闭春寒，杜鹃声里斜阳暮"，又如"飞红万点愁如海"，殊不似人间境。少游五十三岁即逝。殒于广西藤州（今广西藤县）光华亭。藤州古来即产紫藤，李白有咏紫藤花之诗，云："紫藤挂云木，花蔓宜阳春。密叶隐歌鸟，香风留美人。"就是西贬夜郎经过这里时留下来的。

藤州古来为烟瘴之地，亦是罪人流放之所。秦少游因政治斗争，遭贬谪已久，此时获得朝廷赦令，正在北归途中。那一日，少游醉卧光华亭，醒时只觉口渴，遂于行李中取玉盂，唤人打水来。水至，视之一笑而逝。到底没能回家。

"春路雨添花，花动一山春色。行到小溪深处，有黄鹂千百。飞云当面化龙蛇，夭矫转空碧。醉卧古藤阴下，了不知南北。"少游死前不久，曾于梦中作此小词。所以人们都以为这是诗谶。

少游一生作词多婉约，生命尽头的这一阕小词，却写得气象开阔，高迈出尘。让人联想到，如李贺死后被天帝召去写文章，少游这也是仙游去了。

少游遗骨由儿子迁至无锡惠山,与夫人合葬。后墓上生出紫藤一本,围数尺,缠绕古松而上,亭亭如偃盖——想必是粉丝种下的。

紫藤又名青藤、藤萝。冬天花叶一概落尽,只剩下老干枯枝,坚黑如铁,其高古有力之态,令人望之肃然。明朝人写的《帝京景物略》中,隆重记载了京城里的一棵古藤。该藤由文定公吴宽手植于史部。吴宽官声极佳,在明史中被评价:"行履高洁,不为激矫,而自守以正。"他生前种的紫藤,成了京城一景,也被看成种植者高尚人格的象征:

质本蔓生,而出土便已干直。其引蔓也,无弇委之意,纵送千尺,折旋一区,方严好古,如植者之所为人。方夏而花,贯珠络璎,每一鬑一串,下垂碧叶阴中,端端向人。蕊则豆花,色则茄花,紫光一庭中,穆穆闲闲,藤不追琢而体裁,花若简淡而隽永,又如王文恪之称公文也。

完全在与白居易唱反调。这段文字优美,读罢再看到藤花盛放,果然又觉得那一片紫光毫无妖态,只显庄穆,是正经的君子之花了。

徐渭自号青藤道人,绍兴有其"青藤书屋"。原株"文革"时已毁,现在是补种的。我去看过,也已是好大一棵了。时值仲夏,花期已过,唯一树浓碧，横斜于徐渭手掘"天池"之上。天池只是一个很小的池子，然而它的主人不管——老夫就要叫它天池。奈何？

池水清清，藤叶摇摇，主人已不复返矣。

我看清代人钱泳的《履园丛话》中说，徐渭家的青藤就是木莲藤——即薜荔，土名"鬼馒头"，这种植物在绍兴也常见。鲁迅《从百草园到三味书屋》中就写过，说"有莲房一般的果实"。像莲房又像馒头的果实，可以制作木莲豆腐。其实并不像豆腐，是晶亮透明的果冻一样的质感。那回我在绍兴城边，见有卖这东西的，稍一踟蹰，想着先逛一会儿，回头再来——回头就不见了摊子，到底没有吃成。猜想味道或许像从前在四川吃过的冰粉？夏日逛街，买一小碗，边走边以小勺舀食，嫩滑而冰爽，是很享受的。回来查了一查，制作工艺还真差不多，都是搓出植物种子内的果胶，点卤凝固而成。不过冰粉用的是一种学名假酸浆的植物罢了。食时浇以冰镇过的红糖水、酸梅汤、醪糟之类。

木莲又枝条细弱，袅娜清秀，"被薜荔兮带女萝"，"山鬼"才能以其为衣。藤萝不行。藤萝的枝条，稍有年岁便奇硬如铁，怕是巨灵神才扯它得动。薜荔开花亦如"无花果"，不动声色，人们走来走去注意不到它，藤萝开花则霸道又香。两种植物区别其实蛮大的，钱泳应该是弄错了。

徐渭七十岁时自题小像道："吾年十岁植青藤，吾今古稀花甲藤。写图寿藤寿吾寿，他年吾古不朽藤。"藤萝为木本，寿命长。往往有生长数百年者。如果没人破坏，还可以数百年地生长下去。

徐渭写此诗时，已走近生命尽头，深居陋巷，穷困潦倒，且患有不定时发作的狂疾，然而随手写来，却仍有着人与藤俱不朽的绝大自信。

袁中郎叙述他第一次见到徐渭的诗文，是在朋友家做客，半夜偶尔翻到一本煤烟熏燎、字迹模糊的破书，才读了数行，就吓得跳将起来，然后把朋友又从床上拖起来，连连追问作者何人？两个人便抵首共读，读几行，拍一回床板，叫一声好，又再读上几行，一直癫狂到大天亮。真是意想不到，世间居然有如此奇才。然而徐渭此时已去世多年了。

明代剧作家汤显祖，"临川四梦"誉满天下，读罢徐渭写的小戏《四声猿》，推许为"词坛飞将"，声称恨不能"生拔此老之舌"。清代学者周亮工，见到徐渭绘花卉图卷，大呼要"生断此老之腕"，道："青藤之名，与千岩万壑竞秀争流。"郑板桥刻了一方"徐青藤门下走狗郑燮"的印章，喜滋滋盖在自己作品上。齐白石也表达了相同的走狗愿望，说恨不得能早生三百年，为其磨墨理纸，哪怕不被接纳，站在门外挨饿受冻地看一看，也是快活的呀。文艺界的佼佼后来者们，纷纷将赞美与崇拜,送给了那位命运困蹇的狂生。

徐渭活着的时候,其实已有不少"粉丝",并不能算"名不出乡里",否则身为封疆大吏的胡宗宪,也不会费心将他罗致帐下,言听计从。只可惜,徐渭天生没有科举命,八次秋闱落榜。胡宗宪看不过去,亲自打招呼走后门,居然还是阴差阳错,没弄成。到死都只是个秀才,没混上举人。

秀才多如狗,穷困潦倒满地走。只有中举了,才算打开了仕途之门,从此当官做百姓父母,走向人生巅峰。所以范进中举之后,他那杀猪的老岳父才晓得女婿是文曲星下凡,再不敢打骂。几日之内,房也有了,地也有了,奴仆、牲口都有了,满堂的新家具,成箱的绫罗绸缎好衣服——都是上赶着逢迎的人送的。时风如此,任你满腹锦绣,"你有才,怎么连个举人都考不上呢?"

胡宗宪因政治斗争下狱身亡。作为其心腹的徐渭,也忧惧发狂,做出了系列惨烈举动:用斧子劈自己的头,砍得很深,手指可触到头骨;用铁钉自刺双耳,钉尖深入寸余;用锤子将自己的阴囊敲碎……自杀九次,都没死成。却在一次发作时将老婆砍死了,同乡状元公张元汴上下打点,只判了入狱七年。

出狱后,张元汴又引荐徐渭到京城官场里,一心帮他出人头地。徐渭感激厚意,过了一段时间,忽然又发了狂,说:"吾杀人当死,颈一茹刃耳,今乃磔吾肉!"杀人不过头点地,不带拿刀子碎割俺肉的!拍拍屁股回家了。原因是张元汴总是以礼法规劝他。

回家后卖画为生,有点钱就喝酒。死时家无长物,仅身下破席一条,身旁老狗一只,尚蹲坐尸边"呜呜"不已。

所以袁宏道说自古文人落魄倒霉,未有过于徐文长者。

  虽然,胡公间世豪杰,永陵英主,幕中礼数异等,是胡公知有先生矣;表上,人主悦,是人主知有先生矣,独身未贵耳。先生诗文崛起,一扫近代芜秽之习,百世而下,自有定论,胡为不遇哉?

到底是袁中郎,这番话说得知己、公允。徐渭若再晚生几年,赶得上明中晚期那股尚"奇"倡"趣",鼓吹心灵自由与解放的思潮,大概也不会那么难觅知音了。他是个先驱。先驱一般下场都不太好。

后来民间传说中,又有许多智斗贪官恶霸的故事,被安到他的头上。聪明、促狭、疾恶如仇,运用自己的智慧打抱不平……居然变成了阿凡提一样的人物,也算是草根阶层对他的一种朴素认同吧。但在彼时彼地,人们所能看见的,只是这个人在世俗条件下如何惊人的不得意,不得志。

俱往矣。在士大夫物质生活务求奢靡，精神生活标榜闲雅的明朝，徐渭的存在是一个异数。袁宏道提倡"性灵"，却也看出了徐渭诗文中的郁勃之气，英雄失路之悲，认为是："匠心独出，有王者气。"徐渭的气象，是大而雄浑的。

手头有一本印刷得很一般的画册，收有徐渭的《杂花图卷》，全用泼墨写意，生气淋漓。其中的紫藤，只用草草数笔，好好的花朵，被画得萧瑟苍茫。后来又看到著名的《墨葡萄图》，乍一看我还以为画的是紫藤。紫藤也罢，葡萄也罢，这一架藤蔓里的风很大。空白处全是风，让人看得心头一惊。风真大啊。画上题诗："半生落魄已成翁，独立书斋啸晚风。笔底明珠无处卖，闲抛闲掷野藤中。"那字也是遒劲如藤，又笔墨秀润。

徐渭的发狂很容易叫人联想到凡·高，但更透着东方式的凄厉与时代的阴冷。由紫藤而想起他，觉得最适合他的形象，应该是秋后叶片落尽的藤，枝蔓尽现黑铁色。如唐代李颀《爱敬寺古藤歌》所咏：

古藤池水盘树根，左攫右拏龙虎蹲。横空直上相陵突，丰茸离纚若无骨，风雷霹雳连黑枝，人言其下藏妖魑。空庭落叶乍开合，十月苦寒常倒垂。忆昨花飞满空殿，密叶吹香饭僧遍。

南阶双桐一百尺,相与年年老霜霰。

他在十月苦寒中沉默不语,而春天在他枯硬的心里。

我想象十岁那年的徐渭,陪嫁丫头与家主所生的孩子,天才已经展露出来,人们都说:"将来光耀徐家门楣者,必此子也。"在万物生长的某一个春日,他用一双孩童的小手,拿起锹与锄,在门前种下了一棵藤萝苗。他还不知道,不久,他的生母将被卖出家门,他的一生将如何走入畸零……

放下画册,我掉头对胖子说:"泼墨的花卉以后不许画了,黑黢黢一纸贫苦相,八辈子都要受穷的。你看徐渭的天才,都活活地画成了个疯子。你能赶得上人家万分之一?平时还是多画点大红大紫的牡丹,喜庆,顾客也乐意买。"

However
Dogs and Samovars
Might
Behave Themselves

第 三 部 分

凡人歌

我自己的征途与星辰大海

春天终于来了。今年冷得太久,稍一出太阳,气温就反弹性上升,草木愤怒生长。人也出洞,凡有新绿处,必人山人海,围观踩踏不提。

小区里的紫叶李,昨天经过,还是一树树枯枝,今天就赫然一蓬蓬花雪。

"花开得像炸开来了一样!"是的,这个春天的每一棵花树,都是一颗定时炸弹。只待阳光来,只等时候到。

有一对老夫妻,在小区里转悠着挑野菜,已经有好几天了。晴也挑,阴也挑,雨也挑,每天都有小半竹篮子的收获。青绿细长的菜叶支棱在篮子里。

"这啥菜啊?""马兰头!""怎么吃?""凉拌!加点香干子,麻油一拌,好吃!"

老太太走热了,敞着红羽绒服的怀,白发萧疏,手提一根铁铲。老头子怀里揣着一只收音机,高音量地外放着京剧老生唱段:"汉高皇路过芒砀山,偶遇白蟒把路拦,把宝剑将蟒斩两段……"两个人个子都算高的,一前一后在春风里走,居然走出了威风堂堂的感觉。

这个小区,是一个养老社区。

准确地说,是父母住到了养老社区,带着我姐。智商大概相当于三四岁小孩的姐姐,背着我上学时用过的一只牛仔布双肩包,脖子上挂着儿童定位手表——万一走丢了可以即时跟踪。她高高兴兴地摇摆着身体,一路采花惹草地,跟着母亲去超市买菜。

母亲腿脚不好,上台阶可以,下台阶需要人扶一把,姐姐这时候就派上了用场。母亲把手搭在姐姐的肩上,两个人一前一后亦步亦趋小心翼翼地走着超市门口台阶,走着过街天桥……走到家就好了。电梯直上十八楼,楼层虽高,住久了也就习惯了。

父亲常常不在家。这两年,他带着一群南腔北调的业主,每天跑来跑去忙着跟开发商打官司。这个业主队伍,打头的是包括父亲在内的三个老头,加起来早超过两百岁了。一个比一个嗓门大,一个比一个"老奸巨猾(开发商语)"。也不是没有能干的年轻人。但是,老头们带头更合适,年纪太大了——"对方不敢动手打。"

每天闲下来的时候,父亲就绕着小区快步走,走满六千步才罢脚。这两年自称把身体走得结实了,大冬天的都不肯穿羽绒服,一件我送的呢子大衣从年尾穿到年头,怎么劝也不肯换:"我又没觉得冷!就穿这个挺好的。新衣服穿脏了还要洗,多浪费……"

"上次出去,人家几个年轻女的,夸他了呢,'王老穿这件大衣真帅!'所以你看他哪里舍得脱——"母亲拿手挡着嘴,小声对我说。

城市越来越大。我住在东边,城市的另一头,每隔一天,就要跑到西边,父母的这一头来看看,转转。

西边有山有湖。山是小山,湖是人工水库。山湖边上,有大片的树林子。空气质量是不错的。小区里的环境也还不错。到了春天,各色花都开。先是梅花、山茶,然后是樱花、海棠、碧桃、紫藤……一茬儿接着一茬儿。草坪上还有许多亮晶晶的小草花儿。靠南边小别墅区那块儿,种着山楂、石榴、香橼,当真会结出果子。香橼树特别高大,每当初冬果子黄了,我便忍不住绕弯走过去,抬头盯着遐想一会儿,想怎么就不掉一个下来呢?

有常见的那些公园健身器材,有羽毛球场和乒乓球台子。甚至,还有健身房,里面货真价实一溜儿进口跑步机、动感单车、龙门架、史密斯机。免费给用。那一阵子我有空就进去,练胳膊,练腿,练臀。

里面总有两三个老头也在练。每次，总会有那么一个老头，等我用完了机器，走过来，啪啪啪，一连加上三个配重，然后扎马步，气沉丹田，操练起来。

又或者，正在奋力地拉引体向上，一二三！上不去！呜……这时打斜里就会箭步飞出一老头，蹾身而上，刷刷刷，正手连拉十几个引体向上，不带歇气。一甩手跳下来，活动活动胳膊，潇洒地走了。瞅都不瞅我一眼。

果然是男孩子，到老了都还这么傻吗？

有一次，来了一位老太太，瘦小，戴着圆顶的毛线帽子，围着大红的毛线围巾，笼着两只袖子。她坐在练高位下拉的铁架子那儿，东张西望，满脸地写着若有所图。过了一会儿，左右看看没人留意，她就练上了。

嗖的一下，她就被那两个下拉把手给带到半空里去了。我犹豫着要不要救援，她倒是临危不乱，自个儿把双脚在空中踢蹬几下，居然又缓缓降落下来了。落了地，她看看天，看看地，就是不看周边的人。双手把脸一捂，咯咯地笑了一会儿，笑完了，脸色一整，拍拍衣服，若无其事地踱出门去了。

我低着头装作在忙，等她出了门，偷眼一瞅，瞧见她那脸上红扑扑的，红得赶上她脖子上那红围巾了。也不知道是吓的，是累的，还是不好意思的。

后来健身房被某住户给举报了,向主管部门反映,说违反了合同上面的什么什么,这"什么什么",我始终没弄明白。总之,这个免费健身房就给关停了。健身房用的人不多,倒是棋牌室也连带着关门了,这就激起了小区里的一场风波。小区业主群里,分成了两派,一派骂另一派老糊涂了,老年痴呆,瞎举报个屁,另一派就骂这一派为老不尊,甘当开发商走狗。

棋牌室还开着的时候,正月里闲着无聊,我们一家跑去搓麻将。父亲、母亲、我和我男朋友。姐姐抱着一袋瓜子在旁边嗑。

打了几圈,男朋友身后面,不知啥时,冒出了一个弯腰驼背的小老太太。穿着件对襟的中式棉袄,梳得纹丝不乱的雪白齐耳短发。白得利落,一根杂丝都没有。老太太背着手,伸着脖子看男朋友的牌,一边看,一边喷嘴,叹气,摇头。叹气声音越来越大,大到谁也不能忽视她了。

"老人家,您也喜欢打麻将?要么——您也来搓一把?"

"不不,我就是随便看看。你们打你们打。"

"老人家您多大岁数啦?"

"今年八十四啦!"

"喔哟,那可真看不出来!您老真显年轻。"

"哪里,腿脚都快不能动弹了。"老人家谦虚得很。眼睛还盯着桌面上的牌。

"讲真,您老人家来一把?"

"不啦不啦,"老太太有点不好意思,往旁边连让了几步,"我就是看他——"手一指男朋友,"打得有点意思,"终于没忍住,小小声地像自言自语,"我这一辈子,还真没见过能把牌打成那样的……"

数学从小学就没有及格过的男朋友,扑克啦,麻将啦,确实都打得很烂。烂到说是有意放水都不会有人相信的地步。虽然一直以艺术天分高超来自我安慰,这时候也不得不辩解起来:"这个,我小时候摔过跟头,把脑袋摔坏了,数学不好……嘿嘿。"

"是吗?那也不至于……"

男朋友跳起来:"行啦,老人家,我让您,您来打!"

"哎哟,你别起来!这孩子,咳,这么着吧,你来打,我来帮你看看牌。"

站在男朋友身后,背着左手,右手翻飞上下,替他理牌、出牌的老太太,气势惊人,活像一位白发萧萧的背后灵,一位老而不失威严的守护神。转眼之间,连自摸带截和,男朋友连开三把,顿时活泼开朗,有说有笑起来。一直在敷衍着我们,漫不经心出牌,连串打着呵欠的父亲,也不禁目露精光,敏捷地盯了老太太几眼:

"打得不错,以前常打?"

"常打!我们那时候下班没事,不就伙子里摸摸牌嘛,小玩玩。现在没人玩喽!"

一聊起来,原来老太太是从养老公寓那边偷偷溜出来的。

这个养老社区分成两块儿。一块儿是居家养老,跟普通的住宅小区一样,住着有自理能力的老人,以及一小撮顶着老人名义买房住进来的年轻人。另一块呢,是公寓养老,就是养老院,接收年纪太大,没什么自理能力的老人家。

这位八十四的老太太呢,是苏州人,支援内建时候来的合肥,一待,六十余年如电抹,如今老伴也没了,子女们也都展翅飞了,在家寂寞,就住进来了。一个月四千五,住个独间公寓,吃饭到食堂,洗涮打理有护工,还不赖。

就是无聊——"那里边,不给打麻将,管得严着呢。"也不让老头老太们出来,用个上锁的大铁门,把他们跟这边隔离开,出入都要登记,"有的人,这里不灵光,"她指指自己的脑袋,"怕他们跑丢喽!"

"您这是怎么出来的呢?"

"这不是过年嘛!"老太太狡黠地一笑,"从前过年热闹,在家里能开几桌麻将,从初一能打到十五。现在不行了,找不到能玩的人啦。"

"我还是让您坐,老人家您上桌子来,好好打几圈吧!"

"哈哈,算了,你们玩,时候不早了,我也该回去看看了。"老太太说走还真就走了。打了两圈,我们也散了。

父母一边走一边聊:"等我们以后不能动了,也住到公寓那边去。""你没听她说的,四千五一个月,太贵了。住着好像也不舒服……挺可怜的。""不住也得住啊,总不能到时候拖累孩子,他们以后负担也重。""哎……以后再说吧,还是要锻炼身体,活到一百二十岁!""活成个老妖怪吧你!"

我在肚子里嘀咕着:"我不怕拖累。"但是我并不肯说出来。

一眨眼,父母在这里住了将近两个年头了。看了两个春天的花,踩过了两个冬天的雪。

去年春天,四月的时候,我到小区里来。看见西府海棠全都开花了。我拿出手机来拍照,四点二寸的小小手机屏幕上,荡漾一片绯色的花朵,如海浪,如云涌。隔壁老年公寓的老头老太们,正被护工带领着排队在院子里慢跑,一边跑一边喊口号:"一二三四,注意安全!一二三四,保卫健康!"转眼之间,暮色四起,小小少年踩着平衡车轻倩而过。

彼时心中,忧惧都消。

平庸、凡俗如我辈，这一天又一天的日常，一天一天努力地把日子过下去，大抵也就是我们自己的坎坷征途星辰大海了吧。

在美食一条街上

这两年街上流行起贡茶。我最喜欢芝士海盐的款:厚厚的一层奶盖芝士,洒了海盐,底下是茶水,红茶、绿茶、乌龙、日式抹茶。吩咐去冰,少糖,然后就是待在一边等服务生调制了。

我也喜欢看年轻的服务生们干活,穿统一制服的姑娘与小子,手快脚快,在狭小的柜台里面奔走,高举满当当的茶水擦肩而过,姿态轻俏得如同舞台表演。嘴中吆喝应答:

"34号奶绿一杯,加珍珠!"

"22号客人的好了!"

清脆的明亮的,或浑厚的低沉的嗓音,在空气中飞旋来去,这声音简直是有色彩,有质感的。

空调总是开得很足,凉气习习,地板干净,不锈钢与玻璃器皿闪闪发亮,未拆封的牛奶盒整齐地排列在开放式橱柜上,水龙头喷涌出清亮的水流……一切都显出蓬勃的生气与秩序感。

一杯到手,打开杯盖上的吸口,嘴凑上去,杯口向下四十五度角,浓腻香甜的芝士奶盖,咸鲜轻薄的海盐,还有清爽的茶水,一起涌入口腔,滋味是让人惊艳的。

可惜也就是那开头几口,奶盖越喝越少,渐次一头扎进沙发里,变成了天边一朵云。海盐也没了,茶水开始唱主角。小心转动杯子的角度,试图找回最初的美好。但是仅剩的一点芝士奶盖也融化了,不甘心地拿吸管去搅和——很好,现在你手上拿着的是颜色与滋味都很混浊的半杯液体了。

一点都不觉得好喝了,又舍不得扔,只好继续捧着,街都逛得心不在焉了,过一会儿,应付地吸上一小口。终于在经过一个垃圾筒时,将杯子悄悄塞进去。回想起来,这种体验,倒有点像年轻时谈过的那种无疾而终的恋爱。发誓不喝了,又甜,不利于减肥。下次逛街,还是忍不住去买一杯。

捧着奶茶走到街角拐弯处的时候,看到有人推了板车卖桃子。浑圆饱满的红桃子,桃毛茸茸,逆光看像镀了一层金,十块钱四斤。

虽然疑心他会扣秤，还是趋前称了一点。卖桃的人面色黧黑，声音喑哑，一开口，喉咙里就发出奇怪的"嚵嚵"之声，好似那里装了一台抽风机，又像是武侠剧里被逼服了哑药的人，药性正开始发作。听得人很不安，就想，让他扣点秤也没什么吧！当然主要还是因为便宜。旁边水果店门口陈列的樱桃大而红艳，粒粒晶亮如珠宝，我却望望而去。樱桃可不是那种随时可以捎上几斤而毫不肉痛的水果啊。

逛回来，发现卖桃子的人连同他的一板车桃子，已经被城管赶到街的另一边去了。他垂着头，顺天应命的样子，可是并不当真死心，逡巡着，试探着，又在那儿安顿下来。我倒有点着急，替他去寻城管的踪迹。城管是个矮胖的中年男子，光秃的额角被太阳晒得一片红亮，此刻早已全无所谓地扬长走开了。迈着八字步，头也不回，似乎是在表示，今天的工作完成了，想要老子加班是不可能的。又似乎刚才的驱赶只是即兴而游，如《王子猷雪夜访戴》，如今已是兴尽而返。

这条街是久享盛名的美食一条街。满街的店面与小摊点，都在卖小吃。满街都是年轻的女孩子，独行的，闺密同行的，也有携带男友的——一只手握着一大把烤串或铁板鱿鱼，时不时俯首啃一口，另一只手拖住一个双眼迷茫、神色温驯的男孩子；她兴致勃勃地，忽然眼睛一亮，雀跃地呼叫一声，裙裾飞扬，从街面这边，一下子挤过人群，横穿到对面去，手里仍然捏着那个男孩子。

专注于"逛吃逛吃"的女孩子，脸上都带着一种贪婪的、专注的喜悦神情，像湿地里觅食的长腿水鸟。湿地里鱼虾贝类丰富，水气弥漫，水珠飞溅，水声哗哗，芦蒲的叶子摇摆不定，各种彩色的羽翅在叶影波光中一闪而过，各处传来高高低低音色不一的鸟鸣声。

经济学家说，一个城市有无前途，只看走在街上年轻漂亮的女孩子多不多。一条商业街的价值与命运，毫无疑问是由女孩子们决定的。这条街无疑是生命力旺盛的，虽然街道狭窄，又脏。

这条街有好多年没来了，比多年前更热闹了。才下午四点多，一家家的食桌已经从店里延伸到街面上了，坐满嗷嗷待哺的顾客。各种食物煎炸煮烤的香气，混合着如假包换的地沟油之味，还有一阵一阵爆炸的烘蛋糕香味——刚出炉的蛋糕，浓郁的蛋香、焦糖香、奶油香，组成甜美的迷魂阵，糖炒栗子的香气，炉烤红薯的香气，为其帮凶，席卷浩荡。揽客的姑娘们拦街一站，试吃的小杯小盏恨不得直接喂到路人嘴里。一路逛过去，再坚持健康饮食的人也把持不住了。

所以我又在新开业的一家冷锅串串店里买了五荤五素的一把串串。刷好红油，店家把串串全部头朝下塞进一个深的纸筒里，让你端住边走边吃。吃完以后，发现店家没给餐巾纸，只好用唯一没沾上油污的尾指去挑开挎包的盖，在包里掏纸巾，十分狼狈。

五块钱六只的生煎包，撒了芝麻与香葱，煎成蟹壳儿黄油滴滴的小包子，实在诱人。过一会儿，又看见一家卖生煎包的，为了对比哪家好吃，又买了五块钱的。都用塑料袋拎着，带回家就粥。

酸梅汤、豆浆、黑米粥之类，用深的不锈钢桶装着，一杯杯迅速地卖出去。炒酸奶、双皮奶、水果捞，板车拉着大青芒果、整只的波罗蜜，现削现卖。油炸臭豆腐、手擀凉皮、烤串、铁板烧、寿司、牛肉粉丝、重庆小面、章鱼小丸子、油茶、肉夹馍……"狗屎都有人买"，用我们家乡话形容，生意就是好到这个地步。

一种叫"虾扯蛋"的新出现的小吃，用烘蛋饼的那种带很多洞眼的烤炉，先把一整只鸡蛋和面糊打进孔洞里，再头朝下往里塞一只基围虾。烘熟了以后，揪住留在外头的虾尾巴，把这个蛋饼整个儿扯起来，扔进一次性的软塑料碗里，浇一点红色的酱汁，放两根牙签——"好了，吃吧！"很想一试，然而排队的人实在太多。

"大爷粑粑"，很小的摊位前面，也永远排很长的队。其实是黏稠的面糊，放了稀碎的粉丝或韭菜馅，摊成薄饼状，放在平底锅里用很多的油煎。不知是温度太高，还是反复煎炸的原因，油面上翻起了一层白沫。每次都想着"这能有多美味？"然后满腹狐疑地路过了。

　　以"美食"的标准来要求,这条街上大部分食物不能达标。谈得上"卫生"的恐怕也不多。只是味重油大,多下调料,努力放大五味在舌尖上的刺激而已。偏偏就有一种奇怪的具诱惑力的气氛,一走上这条街人就兴奋起来了,贪馋起来了。

　　丰富廉价的食物,永远让人心安。搞不好我们骨子里都还遗存着祖先对于饥荒的恐惧吧。

　　渐黄昏,微微起了凉风,洋槐细长的落叶躺在沟渠里。四周八面人声沸腾,只有这点落叶是闹中取静。头顶上的天空,隔着摇曳的树杪,漠然地蓝着,先是瓦蓝,然后染上一点晚霞的红晕,然后迅速地转为暗蓝。

　　再没有比此刻更鲜明地感觉到,"我"是活在人世间了,简直觉得是一个盛世了。

　　另一个极有生之欢愉和充实感的地方是菜市场。

　　靠近环城马路有个很大的菜市场,入口处有两棵高大的洋槐,入夏前垂坠无数喷香的洁白花串,花瓣掉落一地碎雪,那时节路过,不买菜也忍不住要进去溜达一圈。

　　现在我去菜场买菜的时候少了。冬天冷夏天晒,还要跟小贩斗智斗勇。向他们询价永远不能立刻得到回答，他们总微昂起头来，斜睒你一眼，然后把眼球翻上去朝着天空盘算一会儿，才神色诡秘地报出一个价格来——

等着你就地还价，也很笃定，知道像这种顾客是不大会懂得还价的。我不仅不会还价，还不会看秤，最多是软弱地威胁一句，"我要到前面校秤的啊！"

"尽管校，少一钱赔一斤。"

结果到底是没有去校秤。

另一个不爱上菜市的原因，是又嫌小贩们太实诚。

对于女人的年龄，没有比菜市场的商贩更眼毒且毫不妥协的了。虽然短斤缺两，偷梁换柱，看人下菜碟，他们仍然坚持与顾客保持亲如一家的关系：

很年轻的学生模样的叫小妹，二十来岁叫美女，过了三十统一叫大姐，再长的老相一点就叫阿姨，再老，就是万分尊重的一句老人家了。男的四十岁以下统一叫大哥，四十岁以上叫师傅、老师傅，特别和气生财的会喊你大伯、大爷、老大爷！

女人对年龄敏感，到了辰光，少有不拼了老命保养的，交际场合客气话听多了，往往自以为是个"显嫩"的例外。上了菜市场，殷勤的小贩们一开口，一声大姐，一声阿姨，撕破一切外表与心灵上的画皮。

刚刚步入中年的女人，比如我，在这个时间段是最难能将息的，虽然年轻时也不美……正因为年轻时也不美，妄想四十五岁的时候，成为小泉今日子那样的迷人熟女也不可能。但是连小泉今日子在剧中也因被叫成"欧巴桑"而不爽呀。

"哪怕叫个'女士'吧，不想时时刻刻被陌生人提醒，喂，你已经老了哟！明明心理上还是很年轻的。不过，也没有办法呀，并不是人家的错……都怪这个社会对女人不公平。"

环城马路上那个很大的菜市场，入口处那两棵高大的洋槐，每到四月底五月初，无数喷香的洁白花串垂坠，人来人往……一不留神，又踩着一地碎雪也似的花瓣走进去了……出来的时候拎着一盒片皮烤鸭，卷饼、葱白另装一包，还特地找老板多要了点梅酱。

"真运气，这次全程都没被叫大姐，而是一直被善解人意的老板用'喂''喂'代替了耶。"

有一家精品超市，倒是非常洋气地一律称呼先生或女士，清一色的帅哥与美女营业员，满面春风地对人笑着。可是四根胡萝卜卖三十块钱，一把小青菜十五块，进口水果动辄一百多块钱一斤——都切了薄片放在透明罩子里请人试吃，有的确实很好吃。然而再看一眼价格标签，脚就向外绕着走了，走成蹑手蹑脚。从里到外的失败者气息都泄漏出来了。真不愧是玩豆瓣的人,一把年纪了还能这么穷!

在试吃了多次之后,终于扛不住那甜蜜滋味的诱惑,咬牙要了一只小小的凤梨,帅气的小哥站在凤梨堆成的小山后面,银亮的小刀在手里一转——

"呃,这个好像不太熟。"毕竟是七十五元一只的凤梨。料想不到,小哥爽快地把这只扔到一边,重新切开一个。

"这个呢?"

"是不是有点熟过头了……"

银光又是一闪,如果在菜市场的话,这把小刀大概已经扎到顾客大腿上了。

"这个怎么样,这个我真心觉得不错。"小哥眯起细长的眼睛打量着切成两半的凤梨,始终是笑嘻嘻的。我简直觉得自己面目可憎了,这不就是传说中那种斤斤计较以刁难营业员为乐的超市极品大妈吗?

"这个就很好,谢谢你!"

结完账走人的时候,不知为什么心里突然又充满了干劲。不,并不是中年女性盯着帅气小哥的笑脸"吸足了阳气"的那种干劲,而是一个贫穷的自由作家(注:在我们这个时代,"自由作家"是人们对于"无业游民"的委婉称呼之一种)突然想要挣钱改善生活质量的干劲。

"努力,努力!明天就要开始努力了!"脑子里不停地呐喊着,感觉头顶上都有个黄色感叹号在一闪一闪的了。就在这种一闪一闪的状态下赶回了家,踢掉鞋子,一头扎进沙发里,边看美剧边用叉子挑起一片片甜蜜的凤梨,理直气壮地吃起来了。

水果摊子

"妹妹,我飘零江湖二十载呀!"人行道上,卖水果的男人拍拍他肮脏的棉衣袖子,隔空望着叹息道。

对面是蛋糕房两个在店门口摆试吃摊的女服务生,嘻嘻哈哈地笑,笑的声音轻轻的,带着点尴尬,你看看我,我看看你,不知如何搭腔。其中一个喃喃地重复道:"飘零江湖啊……哈!"然后左右无措地张望了一下。

卖水果的便也不说话了,俯下那油黑多皱的一张方脸膛,继续在他那辆大卡车前蹀躞。

路上行人不绝地过去。寒风暮色中,就算不着忙,脸上也带着点仓皇相。

卖水果的天天趁黄昏，城管下班之后来，屁股后头拖了一辆蓝色卡车，装了一车斗的亮黄色橘子。七八只篾筐，排在卡车旁边的地上：苹果、葡萄、柿子、梨、猕猴桃，偶尔还有无花果、黄姑娘，本地不常见的品种。

这一片近十字路口，六点来钟以后，到处是摆摊贩食的人。推着小车，卖卤味的，烤串的，铁板鱿鱼、炒花甲等等。乱中有序地占了地盘，战国割据一般。

沿街那面都是门面房，花店、药店的后面，排着一溜儿三家蛋糕店，都是明亮的玻璃橱窗，装饰着红红绿绿圣诞彩纸，服务生系白围裙，戴圣诞老人帽子。年轻的小姑娘，被店长派到街头做促销，满面笑容向行人吆喝，"二十块钱三盒啦，本店新品种,慕斯蛋糕。""先生，女士，来尝一下啦！"先生女士们只是不理，她们却也并不见有什么卑屈之色，倒像做游戏一样，嬉笑一阵就过去了——年轻便是这一点好。"莫欺少年穷。"

我经常到这个卖水果的这里买水果。因为他家比别家都便宜一点，而且新鲜、甜。扣不扣秤不晓得。当然每次上秤，少不了虚吓两句："你不要扣秤啊。我家就住前面，扣了秤回来找你，把你摊子砸了。"

"哪能呢，少一钱你来砸，给你砸！砸个稀巴烂！"一边麻利地过秤,顺手拣只小的果子添上去,"加一个,正好,凑十块钱,不要找了!"

"准不准啊?"

"哎哟,美女,我天天在这里,扣你几个秤有意思?我这人做生意,图的是长远,绝对不能干那种事。"

"尽管来,我到晚上九点钟都在这儿,不挪窝儿,嗨!老地方——哎!走好!"

人都走远了,他还把手拢在嘴边,做个喇叭,伸长了脖子在后头喊。喊过了耸耸肩膀,一脚支着地,一脚勾起悬空,做个圆规状,原地画了个圈。心情很不错的样子。

他对我们中年妇女,不像一般生意人那样叫"大姐",叫"阿姨",而是一例地叫着"美女",这一点也很使我满意。据我观察,他是颇为擅长应酬中年妇女的,跑前跑后,口角生风,几句话下来,任你满面肃杀,也忍不住嘴角含了约莫的一丝笑影了。

有好几次,我见到大约也是熟客的女人,买好了,钱找过了,还站住脚和他说笑两句。说着,啐一口,腰一扭走了。他把手揣进怀里,低着头,一屁股靠到卡车车门上,懈了精神。忽然见又有人来,便又振作着迎了上来,脚底如安了弹簧,只是那弹簧也不是时时灵活,偶尔也显出些迟滞。到底天是越来越冷了,白天越来越短了。

看年轻女孩子来,他也话多,但是端正些,甚至带着点儿慈祥气相。

"今天当班啊?妹妹。"

"嗯。"戴着白色麋鹿毛线帽的女孩,抿了嘴笑,一只手从另一只手拽下同款的毛线手套,伸了纤白的手指,去那橘子堆里挑拣。拣好了又呵着手三下两下跳过来,放袋子里递过去,也不还价,也不问秤。

"你们家的人都在我这儿买。昨天那个谁,胖胖的那个,一买买了二十斤苹果走了。"

"嗯,我们店长要的。"

"你们小姑娘多吃点苹果好,养颜、排毒,我家这苹果正宗,新疆阿克苏,冰糖心,别人家都没我家甜。要不要再称点?"

"不要,我喜欢吃橘子。"

"好好,吃完了再来啊!"

在他这儿我买的最多也是橘子。十块钱四斤,黄岩蜜橘,每次都甜。每次都买十块钱。挑好了他接过去袋子,在手里一掂,"九块八,"得意扬扬,"你看着吧,一手准,我说多少就是多少。"称出来,电子显示屏上,果然是九块八,一赞叹,他就更快活了,在车上挑了个大大的橘子,扔了进袋子里,"十块二,二毛钱不要了。算我的。"

起初我还微弱抗议："不要把烂的坏的塞进来了呀！"几回下来，发现并没有。

前天下了今年第一场雪。夜里九点多，我们看了电影，从滨湖那边回来。快到家了，男朋友忽然张望着车窗外面说："那个卖水果的老头呢？"

"哪个？"

"就你常买的那家，拉卡车的。"

"那不是老头。人家才到中年呢，最多四十来岁。跟你差不多大吧。"

"看着老相。可能日晒风吹的。"

"干吗？"

"看看有水果买一点。"

"好凉啊。"

"家里不是有黄酒吗，上次买的十年陈，烫热了，老酒配着点小橘子小橙子吃，把空调开高一点，你想想……"

"好像很怪异。"

"你不懂。老酒配水果好得很，汪曾祺就写过，那篇写画家跟水果贩子的，叫什么？叶三儿？"

"我呸，不要装×了。"

"睡觉还早呢。"

这么一想，似乎也有点道理。然而卖水果的并不在。夜冷，许多摊子都收市了。有几家水果铺子还开着，但是我们并不想去，只管在路上转来转去。最后居然真的给找着了，就在相邻并不远的另一条小路上。这条路窄，车辆少，然而附近颇有几个居民小区。

还是那辆卡车，停在路灯底下，额外又点了一盏汽灯，灯被红塑料棚罩着，远远的一团晕颤颤的红。显得夜更黑了。在这夜与光的边缘，有几条黑影子在晃。是几个正巧凑到一处的顾客。看来晚上生意也还是不错的。

"你怎么跑这儿来了？"

卖水果的在篾筐之间跳来跳去，给人拿塑料袋、挑果子："咳！我晚上九点钟以后都在这儿。九点钟以前在那边——我说，你们咋就不知道呢。"他歪着头，像对老熟人那样嗔怨着。

一个中年女人和她的丈夫站在边上，等着上秤、付款，还有一个穿着大衣，夹个手包的中年男人，也在那儿低了头瞅，大概寻思着买什么好。还有一个单身女的，年纪也不小了，羽绒服裹得紧紧的，缩头缩脑，手躲在袖子里，却露出了指尖，拈了只橘瓣在细细地品。

"还是到你家买橘子好，甜。"

"当然了，不甜的橘子，我不稀罕卖。要卖就卖甜的，这叫志气。"

顾客们都笑起来。被寒冷和夜色包围着，都笑得小声、谨慎，怕惊动了什么东西似的。

"真的，我这橘子，只要你肯尝，跟蜜糖似的，一尝你就得买，跑不了。不信？你们尝嘛。"人们也就依言去尝了。还剩下了小半卡车的橘子，黄澄澄的皮，摸上去冰得镇手。七八只已经剥了皮的，吃掉一半的，都摊开在那儿。

"你剥开这么多，不是浪费吗？来人了再给他剥一个就是。"

"哎哟，有的人就要剥个整的，才放心！剥开了不就不要了嘛，都留在这儿。没事，我吃！"

羽绒服女人忽然义愤道："你真是不错的人了。前面那家根本就不给尝，还死贵，我中午买了几个，酸得要死。""是吗？哪一家？"其他几个顾客都注意起来了。羽绒服女人陡然来了精神，伸长了胳膊比画："就前面路口那家。喏，好像灯还亮着呢，一个小年轻男的开的，坏透了，态度还不好，凶得呢。"大家一起回头去张望。穿大衣的手包男人尤其显出紧张样子，探头探脑："哪个哪个？东边那个？""记着，下次别上他家买。"那对夫妇，女的对男的嘱咐说。

"听好几个人说过了，那家是有名的不地道。""做生意，哪能这么短视呢。做不长。"为了这小小的同仇敌忾，卡车边上掀起了一会儿的热闹。再过一会儿，这热闹也就散了。各自提着买好的水果走散了,转眼消失在各处的黑夜里。

我扭着头往后看,车越开越快,那一片红晕的灯光和卡车、车上车下的水果、卖水果的男人,只剩下视网膜上的一点灰影了。我能想象得到,顾客都散了后,他大概也会放松了,一时半会儿没那么精神抖擞了吧——不过也难讲。夜要更深了,他大概是什么时候收摊呢?

看门的老头

一、二、三、四、五、上山打老虎。天晴了,五个老头坐在小区门口,一人一把高脚椅子,探讨天下大势。

今年冬天天气怪得很,下透了雨。好容易出了个晴天,阳光普照,老头们的嗓门都跟着变亮堂了。

"尝尝我这茶,普洱,小三子从云南带的,说是什么正宗古树,名堂多得很,我是搞不懂。喝着还成。"

"喝上工夫茶了嗬!谢谢,谢谢,我就喝我这个挺好的。喝惯了。"

"老李你这小壶不错,有点年头了吧!瞧这水色,啧……"

今年冬天,天时真是不正。从腊月起就没见过几个晴天。冷雨不紧不慢地下着，有时还夹点儿雪粒子，下着下着，意犹未尽地停了，天阴阴地灰着，冷飕飕的云在天上缓慢流动。

这样的天，容易让人忧郁。这样的天，干什么事都不能得劲儿。小区里的老头们，出来溜达的也少了。大概都捂在家里看电视，读报纸，泡脚，睡觉。

"七十三，八十四，阎王不请自己去。"说不定什么时候，谁家就少了个老的。这事情难讲。每年开春前后那几天最难熬，可是也得熬着呀。人生就是熬着，就这么回事，到了年纪就知道了。该干吗还得干吗去。

这个冬天，小区里露面最多的老头，只剩下看门的老头了。

看门的老头一共是俩，轮班。矮点胖点的那个姓刘，老刘当班的时候，门卫值班室的门是紧紧关着的，不仅关着，从里头还顶上了一把椅子，防止邪风摇动。耳朵又背，小区里的人要找他讲点事，敲门不管用，得敲窗子。人站在窗户那儿，一边敲玻璃一边比画，跺脚，挥手。

值班室很小的一间，紧紧地放着一张桌子，两把椅子，老刘坐在靠里的那把椅子上，仰着脖子，眯着眼，拿张报纸在研究。脚边上放着只电阻丝烧得红灼灼的电热汀。

小屋里温暖如春，屋外的人急得乱喊乱叫。老刘一抬眼看到了，简直不肯相信自己的老花眼。他低回头,把目光从眼镜片上面射出来,朝窗外审察地狠盯几眼,才不情愿地直起身来,搬椅子,开门。

所以大家经常能看得到的看门老头,实际上只有一个——老陈。

第一次见到老陈,谁也不会相信他是来看门的。

老陈长得好。一个起码有六十多的老头能长多好?

他身材好。个子高,现在瞅着还有一米七八的样子。人瘦,五官深刻,年轻时候应该很好看。现在看着还有股子清癯劲儿。脸上皱纹深,但深得不含混,深得让你觉得挺有内涵。

穿得也讲究。衣服不多,但一件是一件,总是穿得那么细致得体,得体得过了头。夏天再热,也没见到他短打过。永远是长袖衬衫,白的,或白带细条纹的,扣子扣到领口,袖筒向上细心地挽一道。下面一条挺括的长裤。擦得锃亮的皮鞋。春秋天,衬衫外头罩一件西装夹克,纯色的,不是深灰就是藏青。好像就这两件,来回地穿。天转冷了,外套就换成了厚呢的。一件黑的,一件棕黄格子。两件呢子都穿得很旧了,袖口肘弯那块儿都泛了白。

衣服上身之前都熨过,不打一个可疑的皱褶。配上从没乱过的"大背头"发型——灰白头发全体向后,梳得根根分明,露出个大脑门儿。就是阿尔帕西诺在《教父》里那个发型。

他真不像个合肥人,搞不好是个上海人。支援内建的时候,从上海过来了不少人，风华正茂的年纪，带着家人，提着行李箱，行李箱里肯定有雪花膏、牙刷、卫生纸——一应以防在内地买不到的日用品。后来，他们就不声不响地落户在这边了。

他也许就是那中间的一员，而且是历史根性顽强的一员。即使在上海人里，他也是够讲究，够"各色"的。

他为什么到这么个老旧小区来看门呢？发挥余热？补贴经济？或者只是嫌一个人孤单，找个地方待待，找点事情做做？难说。这年头倒不再作兴打听人家私事。再说了，说到底，他也只是个普通的、看上去有点怪怪的看门老头。

人老了，多多少少是有点古怪的。

这一说我又想起来了，我还真没听他讲过几句话，也就无从知道他到底是哪儿人，是否带有上海口音。

老陈话少，惜口如金，问他什么事，最多是"嗯"一声，再用手一指，叫你去那边看看去。你就只好到那边看看去了。还不好埋怨，因为他对人的态度倒也说不上轻慢，只是天然有种矜持——身子转过来，两眼庄重地看着你，然后眼皮一垂，"嗯"，抬手一指。方便的话，他也会把你要的东西给你，一张电费单、一张水电修理收据，平摊在桌子上，往人面前推一推，食指和中指并拢，在桌面上敲一敲，示意——拿去吧。

老陈压根儿就不跟小区的老头们来往，从不参与聊天儿。连日常活动都反着来。人家晒太阳，都出到院子里来了，他在屋里头坐着。碰到阴天、下雨天，到处冷湫湫、湿答答的，寒气隔着几层衣服丝丝儿地往里钻，他倒出来了。

他有把专属椅子，硬木高脚带靠背，椅子把儿的一个角已经磕坏了，酱色漆脱掉了一大块，露出灰黄的木头茬子。椅子就放在进大门斜对的那个花坛边上，他就常常坐在那里"晒"阴天，要是下雨，就撑一把伞。

这就是这一个秋冬，人们几乎天天能看到他的原因。

他在老地方坐着，坐得俨然。小学生不用教，看看他，就明白"正襟危坐"这词的意思。上半身挺得笔直，眼观鼻，鼻观心，头颈胸一条线，一条腿轻轻搭在另一条腿上，皮鞋尖头微翘。双手交握，放在膝盖上。

神色冷峻，进小区，就跟他打个正正的照面，头一回来的人，往往要给吓一跳，没来由心虚。一边往里走，一边想，这谁呀，这是！走到单元进门的地方了，还觉得后背上痒刺刺的，似乎还在被那个眼神给盯着。

当然实际上并没有。谁也不知道老陈坐在那儿，到底在看什么，想什么，你问他他也不会告诉你。

人们进进出出看到他，觉得很放心，比对着老刘放心。感觉这门是真的有人在看了。这笔物业费，交出去还不算太冤枉。

马上就要过农历年了。小区里家家阳台上，都挂了香肠、咸鸡、咸鸭、腌肉、火腿，猫在楼下望而兴叹。主妇们盼着出太阳。但天还是阴，抬头看看，天空铺了一层湿漉漉的云毯子。风吹得头顶上的树枝交擦作响。

性急的小孩在扔鞭炮玩儿，一会儿"啪"的一声，一会儿又一声。听得人心里一跳一跳的。正恼火，声音没了。怎么等都没了，小孩被大人喊回家了。

一条小白卷毛狗，一摇一摇地跑来，蹲在椅子下面朝上看，它看着老陈的下巴。

这是只白西施串子，眼睛大，黑，水汪汪的，但毛长，满脑袋乱哄哄的长卷毛，把两只眼都遮住了。所以视物之时总得把头往一边歪着，那费力劲儿，人都替它急。

"汪！"小狗说。

老陈还是那样的严肃，他看了眼小狗，微微颔首。风轻云淡的样子，好像一位退休的老校长，在路上碰到恭敬地嗫嚅着来问好的小学生。

"欢欢，走这边！"小狗一摆脑袋，跃起身跟着一个少妇跑了。

老陈目送小狗的肥屁股,又瞅一眼旁边的狗主人。狗主人穿得讲究,大花紧身羽绒裤,高跟皮靴,上面一件大毛领子的黑皮衣。染着一头的黄头发。老陈皱起了眉头,他把视线飞快地收回来,把脸又摆正了。依旧端坐着,表情有点儿发愣,嘴角越发地往下"垮",似乎突然对这世界失了望,生了气。

我想他肯定是个孤老头子,他全身上下都似乎让孤独签过名了。

他也许一辈子都没结婚。就算结过婚,也已经离了。他很深地爱过一个人,但这个人早就离他而去了。

他身上有故事。不过,谁身上没故事呢?别说活了这么大岁数的,就是二十啷当的人,也常常自觉前尘如梦,转眼一生一世呢。

立春那天,下雨。到了春分,还是下雨。羽绒服刚洗过了,又得拿出来穿上。今年真是活见鬼了,什么破老天!

吃过晚饭,我往外走。有点事儿。天已经昏了。花坛那儿,老陈的椅子空着。孤独的瘦仃仃的一个椅子,淋在冷雨里,湮在深沉的暮色里。

从值班室过的时候,我一侧头,从窗户里看到了老陈。我还看到了一个前所未有的景象:小小的值班室里居然挤了三个人。

老陈坐在桌子左手。还是那个姿势,抱着手,一动不动。

右手坐着个老太太,五六十岁的样子。慈眉善目的。

靠墙的小板凳上，坐着个人到中年的女子。水红的棉袄，头发乱蓬蓬的，样子挺土气。可是脸上神情很活泼，一边嗑瓜子，一边比手画脚说着话儿。瓜子壳没吐地上，吐在她自己脚边一只破的塑料垃圾筒里。她似乎挺不习惯，不时把不小心掉出来的瓜子壳拈起来，再扔到垃圾筒里。

老太太在桌子上铺开一块布，不知道是手帕还是鞋样子，看不清。她凑着头，眯着眼，摸着看着。板凳上的女子不知说起了啥，两手往空中一拍，自顾自哈哈笑起来。老太太嗔怪地看她一眼，伸出手，在女子头上拈去了什么——也许又是瓜子壳，她到底自己怎么给吐上去的？

老陈正眼都没瞧那俩女的。但是这会儿，忽然之间，他的嘴角往上慢慢扬了，皱纹也变舒展了。我没看错的话，一个分明的笑纹，正在这老陈的脸上升起来。老陈笑的时候，眼神非常柔软，他笑，比不笑好看。

看来，老陈并不是一个孤老头。

小区生活

冬天的早上，冷光从窗户外面透进来，人在睡意与尿意中徘徊挣扎，终于还是义无反顾睡去。但是响起了一个女人滔滔讲电话的声音。

"您好，某总，这么早就打扰您了，不好意思……我是小×啊，对，对，没什么事儿，我刚从北京回来，给您打电话问个好……对，给您带了点小礼物，方便的话马上去拜访您……不，不，就是想看望看望您，好久没见面……那就明天？明天咱定个时间您看……好的，哎！好的！……"

礼貌周到，标准的业务腔，因为是年轻女性，听着倒不讨厌。

只是过于响亮了些——也许是这个点该出门的人都走掉了,小区里安静,也许是讲电话的本人心里紧张。

人就在隔壁阳台上。应该是刚搬来的,我还没有见过她,但我能想象她的模样:健康红润的脸,脸颊两侧的纤细茸毛,在朝阳下闪着镀金一样的光泽,手机紧贴着耳朵,一边说一边走来走去。虽然对方不在眼前,依然满脸殷切的笑容。放了电话,那笑容就如释重负地收拢了。微微吁口气,走回陈设简陋的房间里去。没错,一位女推销员,一位初出茅庐的女战士。她让我想起二十岁刚来到这个城市的我自己,没有拿得出手像样文凭的女孩,求职单位最愿意给的岗位,就是销售了。比做服务员听起来总要体面一点,入职培训经过多多少少的画大饼,灌鸡汤,心里虽然抱屈,隐约也怀着点"做笔大的,发家致富"的野心,然而很快也就消散了。很少有人能够挨过三个月的试用期,钱当然也是拿不到多少的,最大的收获,大概就是最快速地从气质与举动上,变成一个像模像样的"社会人儿"。

前一阵子,隔壁住的还是对小夫妻,带一个奶娃。每到夜里十二点,奶娃准得哭一会子,然后是妇手拍儿声、口中呜声、夫叱怨声、夫妇口角声、起夜声,一齐奏发,我这时才刚上床,似听听的,倒也不耽误入睡。比起全然的寂静,这含混而无聊的人声,深夜里反而令人心定。逝者如斯夫,不舍昼夜,人的气息,一点一点微末的生活况味，是时间之河上飘荡着的一只一只小草筏子。我们伶仃地坐在上面，带着一点对未来微渺的期望，顺流直下。

我们小区，坐落在曾经繁荣过几年如今已经没落了，而且明显崛起无望的东城区。虽然房子不算太老旧，但周边环境实在脏乱差，因为临街，楼下又开了几家饭店，油烟往楼道里倒灌，泔水倒在人行道上。但凡有点钱的业主，陆续都搬走了，房子呢，一时卖不上价，就拿来出租。对于租客们，这地段，方圆两公里的范围内，就有火车站和三个汽车站，倒真是交通便利，价格也实惠。剩下的老住户们，对此很不满意，陌生的面孔在狭窄楼道里来来去去，擦肩碰面的，看着让人心里就不安。谁知道底细呢？

租户们也有每个单元大铁门的钥匙，进进出出的，门摔得咣当响，渐渐摔坏了门锁，也不报修，就随便拿块砖头将门顶上，这样进出连钥匙都不用掏了。租房的人，就像旧时候逐水而居的游牧民族，总是透着那么些形迹略脱。屋子里，一般也没什么值钱东西，金银细软——但凡有，也用不着租房了。几件破家具、旧家电还是房东的。

老住户们就急忙地去找物业，要物业赶紧来修，这样大敞着门，太不安全了！然而修好了，很快又坏了。几个来回，大家渐渐都有些疲乏。物业也不耐烦了，因为眼看着，物业费一年比一年收不齐了。租户是不肯交的，房东呢天上地下的找不着人，仅有的几户原住民，也攀比起来:凭什么别家不交,就让我们家交？又或者——门是坏的,灯是坏的,楼道间的垃圾好久没人扫了,草坪上谁家扔的那个破马桶,几个月了？到现在你们给清走了没有？凭什么,让我们交物业费？

怎么办？没办法！

三楼左边那户,三〇三,也是建成就搬进来的第一批住户。女主人白而胖,面颊上永远带两朵健旺的红晕,见人声音洪亮,似一团喜气洋洋迎面扑来,叫人不由地忽略她的年纪,也许二十来岁？说三四十,似乎也可以。进出难免照面,大家总要打个招呼,说点"上班啦,回来啦？"之类的废话。不料这阵子,单元公用的大铁门上,赫然被贴上了"×××,欠债还钱"的白条,×××就是她家的老公。

讨债的三天两头来。是清瘦白净的俩小伙儿,都紧紧地套着一身呢子西服,窄腿裤,矮帮圆头皮靴,有一个还围了灰黑色格子围巾。围巾系得太紧,像不胜寒冷,又像想不开要上吊。各斜背着一只男式老花皮包,沉默地逡巡在她家门口。活像一对失恋的情人,一对苦命的"同情兄"。要么早饭前,要么晚饭后来,如果大铁门关着,逮不到机会进楼道,他们就停留在走廊上,满面含忧地踱来踱去。天冷,手都插在裤兜里,看见有人来,就深深对望一眼。像在使眼色,准备干点什么,又像在互相打气,坚持住！又或者并无深意,只是下意识地再从对方那里证实一下——这桩倒霉事儿,居然是真的发生了。有天夜里回家,三楼的门半开着,灯影绰绰地泻出来,照见男主人提着只旅行箱站在门口,女主人探出半边身子,轻声细语地叮嘱着什么。听到脚步声,两人都警觉地一望,我们只好摆出视而不见的样子,一径绕过去,上楼了。第二天,在楼道里又撞上女主人,我有点尴尬,不知道该不该额外多关心几句,然而她没事人一样,照旧嘴里打着响亮的哈哈。

隔年开了春,三〇三的门上被贴了封条,白色的长封条,凌厉地在防盗门上打了一个大大的"叉"。屋子里鸦雀无声,漆黑抹乌的,人大概是搬走了。楼道的铁门上,则贴了一个告示,大意是:该小区三〇三的房子将因抵债而被拍卖。

房子有没有被拍卖掉不知道,偶尔的,却还能看到女主人回到小区来,开着一辆簇新的奔驰SUV。我忍了又忍,没问她现在住哪里。

四〇二那家,几年来一直在出租,租户换了又换。前一阵子,住的是两个印度人。男的,夜出昼伏,每次碰到,都是在夜间昏暗的楼道里,白炽灯泡悬得高,瓦数小,光线还没下来一半路程就涣散了,苍黄茫然的光,越发显得印度人的脸黢黑,压根儿看不清眉目。却是极讲礼貌,总会在前面推着铁门,让女士先走。这个待遇于我还是平生罕遇,不禁大生好感。背地里猜想,大概是在附近那家五星级酒店里甩飞饼的。

那家酒店，是本地最早的五星级之一，还是个"真"五星，曾经作为本城的高档场所，很是红火过一阵子。这几年也门前冷落车马稀起来，为了生意，想了不少点子，比如推出各种异国料理，请各种外籍厨师现场制作，以证明风味地道。甩飞饼就是他们的保留节目。现在的四〇二，住的是两个三十岁左右的女人，听口音是苏北人。第一面印象并不愉快，是冬至那天的晚上，远远地见楼道口围着三条人影。走近了，看到拿手电筒在晃着的是新来的保安。这保安也照例是个半百老头，生得五短身材，但粗壮结实，跑起来如一麻袋土豆，笨拙中带着意外的伶俐。全天候精神抖擞，不知哪来的那股子劲头，跟他前任的长年愁眉苦脸形成鲜明对比。每天看到他扬着花白胡茬的方下巴，嘻着张阔嘴，在院子里呼喝，指挥停车。但停车的人只管停自己的，并不肯领情。有一次我接连两把没倒进车位，他远远地奔过来，上下左右转着圈跺脚，用方言恨铁不成钢地叫："搞哼个！一个车都倒不好！"恼得我，从此见了他就把脸冷下来。他却浑然不觉。坚持了一段时间，眼看这一股负面信息无论如何传递不过去，我也只好拉倒。另两个是一高一矮的女人。三人一回头见到我们，都大喜。"来了来了！""你看看人家怎么开的！"我拿自己的钥匙开了铁门，又都惊叹起来，"我说拿错钥匙了！怎么可能开不开。""房东给的就是这把呀！"

"比比看，比比看！"矮女人一把尖俏的声音，不见外的，从我手里抢了钥匙去，保安把手电筒举得更高，所有人都挤进那一团光圈里，伸长了脖子。"看看！"高女人长吁一口气，热气哈到我的后脖颈里。"这下可怎么办！"矮女人又撒娇地嚷起来，保安缩了缩肩膀，表示不肯管这件事了，但满脸笑得倒更开心了："讲搞呢，我是真没办法了！"

"大姐，你这钥匙能借一下吗，我们去街上配一把，马上就还过来。""就一会儿工夫！"两个女人恍然大悟起来，一起热烈地看我。

第二天，在楼道中又见到了她们，合力往上运行李，一个一个纸箱子，装着锅碗、塑料桶、盆、鼓囊囊但并不沉重的编织袋……人是很用心地打扮着，蕾丝边的韩版小风衣，蓬蓬的短裙子，黑丝连裤袜塞在细高跟靴子里，踩得楼梯一溜响，显见得南征北战惯了的。那点人际关系上试探性的得寸进尺，大胆的自来熟，还有俗辣的风情，都让人想起"跑码头""走江湖"这些旧名词来。那样的打扮，和贾樟柯电影《江湖儿女》里的赵涛也是颇为相似的。然而现代社会，江湖也是没有的。什么"跑江湖"啊，其实都是讨生活。有的漂着讨，有的坐地讨。

上我们单元楼时，要先经过一整个二层的平台。平台两侧都有几级楼梯，分别从楼的两个侧面绕过去，形成了隐蔽的两处拐角。

东边的拐角,也就是住户最常走的地方,正对着一家饭店的后堂。后堂的门整天地大开着,从里面一桶桶拎出泔水来。在门口洗菜,洗碗,剖鱼,完了大盆的脏水就地一倾,正在路过的小区住户,不禁横眉怒目。

这个饭店,是我们这个小区的公害,所有原住民最恨的敌人。好像从有小区时,它就在了,这么多年,眼看着起高楼,架高桥,附近几条街的饭店,不知关门多少,它仍然屹立不倒。我们这些业主,跟它狠斗了几次法,举报、找电视台、上访、堵大门,最终达成的妥协是,他们把排烟管道的出口,由对着小区里头,改成了对着天空。从此,每一年,每一天,中午、晚上,两顿饭点准时地,风把它炒菜的香气欢欣鼓舞地送进我家窗户来。一袭进鼻孔,舌尖上就似乎能尝到它们的味道:酸的甜的咸的麻辣的葱油的红烧的,有的气味个性鲜明,我甚至能知道它是哪一道菜:糖醋排骨、粉蒸肉、青椒炒蛋……对辘辘的饥肠,那浩荡而来的侵略性,就像是战乱时拉响了防空警报。即便是这样,我也从来不去他家吃饭。如果有客人来要出去吃,宁可绕远一点,也不会就他家这个"近水楼台",作为业主,还是应该有这么点骨气。

他们还挺讲究企业文化,每天开工之前,都要集合训话。一排女服务生,腰里系一条蓝花布围裙。一排男厨师,都年轻,大概是学徒,一身白里透着脏的厨师服、厨师帽。穿西服的经理背着手走来走去,声色俱厉。结束的时候,怒喝一声:"记住了吗?""记住了!"然后哄然作鸟兽散。

闲下来的时候,小厨师们会一大排地歪在墙上,抱着膀子,嘴里叼一支烟。来来去去的人,都得从他们的目光里经过。夏天女的穿着少,穿得紧,经过那些年轻无忌惮的目光时,就不禁有些不自在了。忍不住低低"呸"一声,可也不知道是"呸"的什么。

晚上回家,从楼梯拐角那儿经过,时不时碰到坐在台阶上打电话的厨师。黑夜里白袍白帽子,心里晓得,仍然时不时能给吓得一激灵。实在是太像白无常了!有一天又碰上这么一位:手机紧紧贴着耳朵,头深埋在肘弯里,身子缩成很小一团在那儿,但那一身白,在黑暗中膨胀开来,仍是惊心的一种存在。擦身经过,居然是个女孩子声音,低低的急促的,不知哪里的一种方言。听不懂在说什么。

原来他们也招女的。这样想着,刚踩上楼梯,背后忽然一声拔高了调子的哭腔,尖厉又哀戚,听得人头皮一麻。回头看,那白的影子还在,保持着原来的姿势,动也不动,无声无息,叫人怀疑是不是听错了。我加紧脚步走了上去。第二天中午,倒垃圾时,在楼下看到了她——也许是她?青春的元气充沛的脸,鼓唧唧的腮帮子上,浮着两片天然红晕,淡眉毛,单眼皮,长而秀气的眼梢向两鬓斜飞，皮肤微黑，很入眼的一个姑娘，却滑稽地顶着顶厨师白帽子，厨师服下面，是镶亮片的厚底松糕鞋，一摇一晃的，正在后堂门口，他们干活儿的那块空地上踱步。

她手负在背后，绕过流在地上的一道脏水，缩了缩脑袋——运输工人扛着满满一塑料筐青菜从她身边挤过去了。她在跟一个蹲在地上洗鱼的小伙子讲话。也不知道讲了什么，她忽地几步赶上来，照着水盆就踢一脚，水花飞溅，银白的鱼身子，在清亮的水底下晃成一片光芒。男孩子猝不及防，溅了一脸的水，身子往后一仰，差点一屁股坐到地上。却不恼，拿袖子胡乱擦了擦脸，得意扬扬地笑起来。她作势再踢，他作势再躲，她撑不住也笑起来，甩下一句"狗日的"，转身扬长走了，走进厨房后堂那窄小的、油烟熏污脏了的门框里去。外面阳光耀眼，显得里面黑洞洞的，她的影子在无数杂物的影子里一闪，就此消失不见了。

后来我再也没有见过她。年轻人总是这样，飞快地来了又走，也许能走到世界尽头。而老年人就不一样了。所以相对来说我更愿意关注年纪大的人——在年轻人身上，时间是跳跃的光斑，是无限的未来可能性。而在老年人身上，时间，是层层重彩在画布上的堆积，是沉重、模糊、驳杂不可复制的一幅画，是烟锁雾迷的来时路，令人不自觉地凝视。

这个饭店的择菜工,是一个看上去就很老的老头。老头在这里工作已经六年了。六年来,他和他座下的那只竹椅子,无论寒暑,永远落在固定的地方——也就是后堂大门斜对面,我们这栋楼的车库墙根下。小竹椅天长日久,吸日月之精华,虽然破,却俨然包了一身锃亮的浆。择菜老头瘦而黑,永远是佝着腰,低着头,缩成小小的、沉默灰暗的一团,跟周边嘈杂、污脏的环境融为一体,如同城市水泥森林中最常见的那种废弃的混凝土块。

菜是顶新鲜的,一筐一篮的,红艳艳的辣椒、紫茵茵的茄子、碧油油的刀豆,小黄瓜顶花带刺,笔直溜条,菜薹、苋菜、空心菜的叶子上都洒了清亮的水,连蒜头,都一水儿的白净、个头大。老头儿坐在那里,永远是低着头,沉着脸,不哼不哈,手底下一刻不停。或撕或择,或掐或捻,或用刀、刨、剪,如初冬的马蹄,他一个个耐心地削皮,早春的头刀韭,他一棵棵地搓去根泥、择掉烂叶,然后码齐,各种菜经过了他的手,那个精气神儿,整齐嘹亮,好像新兵蛋子从特训营出来,可以直接拉去参加阅兵式。

看活儿好的人干活儿,是种享受。我从他身边走来走去,总忍不住多看几眼。有一回,碰见他与白帽子的小厨师不知为什么起了纷争,小厨师嗓门大,问候对方的母系亲属,一小区的人都听得到。老头子当然也还嘴,我还是第一次听见他说话的声音,喑哑夹着沙,完全听不清在说什么。他大概也深为这有心无口的局限性所恼，忽地把削皮刀一握，直起身，扬起脸，藏在纵横沟壑里的一双眼，放出冷亮的光来——小厨师跳后一步，说："老子不跟你个死老头子计较！"跑了。哇，真是人狠话不多！欢欣鼓舞之余，我立刻为他脑补出一整篇"末路大佬""武林畸人"的传奇。

"在这个小区我住了十六年了。"前几天跟朋友说起来的时候，把自己也吓了一跳。怎么会呢？真的像张爱玲《十八春》开头写的那样："日子过得真快——尤其对于中年以后的人，十年八年都好像是指缝间的事。可是对于年轻人，三年五载就可以是一生一世。"

古人说，眼前无故物，焉得不速老？生命的新生固然值得喜悦，然而再也没有新生命更让人领悟到自身的衰老了。

花花绿绿的婴儿车，载着一式一样的小肥脸、胖胳膊，仿佛是一夜之间，就从地里长出来，撒满了小区的绿化带。过几天，小人儿就满地咯咯笑着跑，再过几天，半大的小子皮上了天，鸡猫喊叫，神憎鬼厌。再过过，眼前多了许多背着大书包，匆匆来去的少男少女，脸上带着被学业压出来的漠然，楼道里狭路相逢，闷头闷脑地叫一声，"阿姨好！"

"阿姨"——如果在大街上被这样称呼着，就要勃然大怒，眼睛里"嗖嗖"飞出小刀子,这时候,却毫不在意,脸上现出慈祥的笑来:怎么讲,这都是自己看着长大的孩子们呀!不远的将来,他们的孩子,会叫我一声"奶奶"——如果这个小区还存在,如果,那时候他们还住在这个小区。

在我们生活的这个时代里,一切都在变,似乎没有什么能是长久的了。相较而言,我们这栋建筑质量并不算出色的小区,可真的算是生命年限长的了。记得刚搬来小区时,一公里外,就是菜地农田。马路上白天也没什么车辆。秋天大门外的银杏叶子落了一地。现在银杏树早挖掉了。立交桥、地铁开通了,举目都是楼,眼前无故物,偏偏这一栋房子,这一片小区,依然立在这儿,供我们这些平凡的人们容身,不是不令人感到欣慰的。

小区里种了很多的桂花树,都长得很大了。每年到了时候就开,前后误差不超过一个星期,出出进进,空气里撕扯不开的甜香,不自禁地大口呼吸着,像是在和一个特别稔熟的人打招呼。春节前后,明黄的蜡梅开了,经过的时候驻足看一会儿,踮起脚尖往枝头上嗅一嗅香气。那个已经退休四年的老保安,从前他每次看到,都会喊:"掰一枝呗!没事,蜡梅不怕搞的。"是的,有一句话叫"砍不死的蜡梅",因为蜡梅是春天新发的枝子才会着花,所以每年冬天开过花的枝条,可以尽情地砍掉。蜡梅是不惧修剪的,不惧被爱花人折枝。但我总还是不好意思去折它。只偶尔捡掉在地上的一两朵残花,托在掌心里,一边嗅着,一边经过隔夜塞得满溢还没来得及清运的垃圾筒,心中浮起一种喜悦与厌恶、留恋与抗拒共存的奇妙情感。

现代都市生活,一个人跑遍天下,到末了,总要落进一个小区里头去。这波荡大世界里的小世界,再浇薄的邻里关系,多少的不便与抱怨,最终还是凝固下这点点滴滴令人心中安定的好。

说件励志的事儿

> 好好地忍耐,不要沮丧,你想,如果春天要来,大地就使它一点点地完成,我们所能做的最少量的工作,不会比大地之于春天更为艰难。
>
> ——赖内·马利亚·里尔克

这几年,天气是有点儿古怪。要么极寒,要么极热——据说是因为全球生态环境恶化?活人还好,露台上的花儿们倒了霉:前年零下十五度的严冬,冻死一批;去年持续高温热死一批。今年一开春,又坐上了天气的"过山车"。洋水仙、番红花，没来得及抽苞，就在三十度的温度中蔫掉了。三角梅、茉莉，死在了倒春寒里。月季算是反应敏捷，忙乱中长出了无数盲枝，花苞却打得比往年少。

街心公园的桃花，一夜尽开，一个白日，又全在枝头枯焦了。迎春花，都四月份还在开着，隔壁爬的蔷薇，早已迫不及待地盛大了。

一切乱了套，只有那一对儿灰背珠颈斑鸠，还在按时来，在我露台的栏杆上踱步，耳鬓厮磨，咕咕、咕咕咕地谈话儿。我细细研究了几天，拿出往年的照片来比照，终于确定，这一对儿，不仅是去年的那对儿，也是前年，大前年的那对儿。大前年结婚的人，现在都离掉不少了。这俩鸟倒有长性。

往年春天，喜欢在近郊走走，看次第开放的花。今年没心情，有点儿心焦，赶不上形势的那种心焦。似乎人人都在发财，或在奔向发财的路上，谈融资、风投、房市、比特币，只有自个儿还挣扎在温饱线上，那种心焦。满大街，车都在按喇叭，只管按，谁也不睬谁；地铁里人如潮涌，瘦小的老妇被挤在车门一角，嘶哑地喊叫着"让我下车"，一身酒臭的壮男从你身后挤过去，顺便在你新买的小白鞋上跺一大脚印；高速路上有人左右开弓，以一百八十迈在超车，跟在后头，忍不住也恶狠狠地一脚油门……

一切都让人焦躁。怎么办呢？没办法！

我住的这个小区呢，以前还行，现在，有点钱的人，早搬走了。剩下来长住的，都是穷人，或者是租客。渐渐地，很多人就不肯交物业费了。物业上蹿下跳，好坏歹话说尽，员工换了好几拨，换上来的一个比一个能缠会打，终于也泄了气，做起了甩手掌柜。

楼道里慢慢堆积起来了垃圾，楼梯扶手上全是灰，受不了的住户，只得自己打扫。绿化带上停满了车，公共长椅只剩下三条腿，老年健身器材先是坏掉，然后莫名其妙地失踪了，只剩下地上的几根铁桩子……一切都肉眼可见地在朝颓废里走。

三号楼的西边儿，靠近外围墙的地方，有一块狭长的空地。那块地，原本铺着整齐的草皮，后来就变成了荒烟蔓草。草丛里扔着诸如：旧沙发、坏马桶、残存枯枝败叶的花盆，裂了口子的运动鞋，以及各种瞅不出原形，反正是收垃圾的都不肯要的杂碎。长年污水横流，蚊蝇乱飞。这里的蚊子，长身黑脚，咬起人来格外地敏捷，而且还带后劲儿。有一次我走进去，想找找有没有能用的旧花盆，一分钟之内给蚊子咬了一身的包，足足痒了三个月，最后到医院开了一堆连吃带擦的药才消停。

就这样子过了有两三年吧。今年四月的时候，我买菜回来，看看天气不错，突然想在小区里走走。走到这个地方，犹豫了一下，还是顺脚过去了——想拔一点比较嫩的茅草叶子，给猫吃。家里的猫很喜欢吃，一大把叶子递过去，它歪着头"咔嚓咔嚓"转眼啃得只剩草茎。

然后发现，这里大变了样。垃圾没了，瓦砾没了，疯长的杂草没了，只留贴地表茸茸的一层草色，看着格外清爽。墙根上那条排水沟也被疏通过了，污水不再溢出来。从围墙往内一米左右，种了一溜的月季苗。有七八棵吧，苗还很小，根部培土的地方，都用碎瓦块做了防护，又用竹木搭了架子，架子上拉了塑料绳，绳子的另一头拴在围墙上钉着的钉子上。很明显，是想让月季的枝条能够爬过去。我看了看土，颜色是新的。

往前面十几米，走到三号楼和二号楼中间，这一块地面更开阔，从最初就种了很多桂花树。一年一年桂花落，沃出了颇为肥沃的土壤。我在这里挖过几次园土。现在除了桂花，又多出了十来棵的小树苗，鸡爪槭、栀子、剑兰，还有不认识的几棵，大概以后开了花会好认一点吧……地上还挺整齐地排着各式的小花盆，陶的、瓷的、塑料的，都有，都破旧、缺牙豁嘴的，和我当年从垃圾堆里捡的那种差不多。里面都种了小小的花苗。

尽管是春天，这种突如其来的欣欣向荣，还是太令人诧异了。我感觉视野里有什么东西在动弹，仔细一瞧，原来花木丛中藏着一个老头。老头特别老，脸比树皮还枯，身子骨比小树苗更孱弱。穿一件米灰色的夹克，夹克挂在他身上晃晃荡荡的，好像晾在衣架上似的。土木形骸，恍若老树成精——怪不得一开始没看到他。老头坐在一把小竹椅子上，手里拿着一只小洒水壶，在给树苗浇水。他慢条斯理地，小水壶左边浇浇，右边浇浇，水流细小，手又抖啊抖的，看得人着急上火。一个小铁皮桶放在不远的地方。浇完身边的树苗，他也不起身，就这么屁股黏着椅子，微微往前倾身，双手在后一拖，连人带椅子，往前面挪个几步，再坐定了，继续拎着小水壶浇水——他这得浇到什么时候啊！

我想起来他是谁了！老头就住二号楼，大概五六年前，中了风，抢救回来，身子瘫了。只要不是雨雪恶劣天气，每天早晨、傍晚，准点儿，就看到他两手扶着一个长得异形的铁椅子——又有点像改装过的超市购物车，后来我才晓得学名叫"中风偏瘫康复助行器"的东西，在院子里抖乎抖乎地挪动。佝着腰，驼着背，头沉重地往下垂，双腿战战，基本上就是在原地左右摇摆，时不时打个趔趄，还得往后退一退。反正有时候出门吃一趟早点，回来一看，嚯，他老人家还风摆杨柳地在原地晃着呢。

慢慢地，就不再注意到他了。只是有一次，我居然在小区门口的人行道上看到他和他的怪椅子，才吃了一惊，跑得这么远了！不过，也就这样了吧。毕竟，这么老了。没有九十也有八十了吧。过年过节的日子,他会消失一阵子。最初我以为他奋斗失败,永别人世了。但不久又看到他。别人上班下班,他拖着他的康复器,挪动。匆匆地从他身边经过,虽然没心思打量,但内心里,还是悄悄地松了一口气:"人活着,比什么都好。"

不过,这眼前的一大堆工程,总不会是他干的吧?我前后打量,综合考虑一下,觉得不大可能。但我也不好意思走过去问他,第一不熟,第二我也有点怕跟年事高的人说话,人老耳背,两边都累得慌。人们通常不会主动去和病人、残疾人说话,对太老的人也是这样。何况他一个人就把"老弱病残"都占全了。

那之后,我没事总从那边绕一下。那些花草与树木,在风里挺有精神地抖动着叶子。有一棵,很快就开出了花,哦,原来是紫薇。有时候能看到老头,有时候看不到。老头在的时候,还是默不吭声的,还是那么费力地尽着园丁的责任。坐小竹椅子,抖着手浇花,或者用一个小竹耙子,伸到花根边上抓来抓去的,松土、除草。或者就是坐着,手搭在膝盖上,眼睛望望树叶子,望望天,又望望树叶子——这个姿态我懂,这是我们种花的人在判断老天什么时候要下雨。

二号楼的一个楼道口,不知道什么时候,放了一把超大的太阳伞,撑开的伞盖下,罩着两只塑料小碗。一个装水,一个装猫粮。一只肥大的黄猫,不时地溜过来吃喝,吃喝完了,就蹲在那儿颇为忧伤地看人。一直没看到是谁家在喂它。它和老头常驻地点之间的直线距离，不过三米左右。但老头在的时候，它不在，它在的时候，老头又不在。所以我也没搞清楚它和老头之间的关系——大概是没有关系的。

这几年，我种花也种得有点灰心。养猫也养得有点灰心。花老是死，死一棵，人的信心就磨灭一点。猫也老了，十五岁的猫，相当于人类的耄耋之年了吧，看着它一天天迟钝瘦弱下去，心里隐约难过，却无从说出来。花和猫，都曾带给你无限喜悦，却又终将告别你的人生而去，先你一步消失于虚无。花的死，猫的老，对于步入人生中段的人来说，隐喻是冷酷的。

但春天还是要来。今年，短暂无雨的梅雨季过后，紧接着是令人烦躁不安的夏天。这个夏天，比往年的每一个夏天都要闷热，都要漫长。大部分时间我都待在家里，靠空调和叫外卖过日子。

直到立秋过后，有一天我出门，转去那块地上看。蔷薇的枝条已经顺利爬过墙去了。小小的草花，都已经高到人的膝盖了，都开出了花。红色和橙色的波斯菊，细零零的茎，撑起精致明艳的花朵。大红大紫的百日菊，要矮一点，敦实一点，花开得大，像村姑朴实的笑脸。还有蓝紫色小铃铛一样的翠芦莉。墙根上，是最传统的小黄菊花和一串红，看一眼，就觉得秋意扑面而来。

紫薇还在开着。桂花浓绿的枝叶里,已经可以看到小小的花芽了,最多再过一个星期,就将迎来全面开放。

夜里下过一场雨,地上的土还有点潮。二号楼的老头,就蹲在花丛里头,在拔草。他今天穿的是件藏蓝色的衬衫,特别显眼,只是蹲在那儿,背就更显得佝偻,又瘦,向天空拱起一个嶙峋的尖峰来。花枝拂过他的身子,像水浪拍打着一块怪模怪样的礁石。他手的动作可不慢,杂草一簇簇地带着泥土,翻飞着落到旁边。他颤颤地从地上站起来的时候,我看到银光一闪,原来他那个长年傍身的康复器不用了,新换了个上面是拐杖,底下带五个爪子的家伙。爪子是不锈钢的,打造得颇为锋利,抓地效果估计不错。老头扶着这东西,一步一步走动,比从前走得可快多了!他昂着头,欣赏着这一片小领地。看到我时,冲我笑了笑——脸上皱纹挤在一块儿动了动,我觉着肯定是笑了,就赶紧回了他一个笑容。

然后我就心满意足地回家去了。没什么可打听的了。不管他是怎么去做一切的,是独个儿,还是有人帮忙运垃圾、挖坑、搭花架、抬花盆,反正这些事儿,他干成了。

我得向他学习,就这么回事儿。

空房子

怀着找到便宜房子的期许，某一天，在网上看到很多被拍卖的房屋照片。这种照片的拍摄方式，有着法务上的严谨与商业上的细致。每一个房间都被拍到，房型、采光、朝向、大小、比例，被清楚地展现出来。很多是在主人猝不及防的情况下拍摄的。可以想象得到，穿着制服的工作人员进来了，带着一纸强有力的通知书，向他们宣布早有预料却仍心存侥幸的坏消息。人们有微弱的抗议，也许妇女和老人还会有带着点愚昧与失望的暴发，但很快，一切都被接受下来了。从这一刻起，住宅不再属于他们，这一刻被数码照片保留下来。

厨房案板上，裹在塑料袋里的新鲜苋菜、几块老豆腐、生姜、鲜肉。

墙上，挂着用旧了的蓝色塑料筷笸。看到这张照片的时候，我对这套房子的欲望被打消了。也有已经搬空了的房子。满地狼藉，显示出主人搬走时的仓促。塑料的淘米篮子；一个翻倒的旧木箱，朝一侧半张着口；仰面朝天的毛绒玩具；还剩小半瓶的酱油瓶、醋瓶，瓶口被油烟熏黑。

装潢方面，不论简装还是豪装，都非常俗气。就是中国式装修普遍的那种俗气。剪纸的"福"字、大红中国结。丑陋、粗笨的花瓶插着塑料花。为防止灰尘而铺在家用电器上的白蕾丝，污灰一团，丢在地上，或斜搭在一件不要了的复合板橱柜上。所有这一切，曾经主妇之手装点过房间的，现在都还留在那里。

每个查封的住宅里……不，不止如此，哪怕是主人欢喜地搬去新居，毫不留恋回眸的旧屋里，都仍然会残留着生活的痕迹，残留着人们想要把生活过好的那种愿望的痕迹。

在拆迁过后的大片废墟，住户已经集体搬走，带着对新生活的向往，或对旧日子的怀念与不甘。房子暂时还在这里，空无一人，走进去仍然会蹑住手脚。仿佛能听得见墙壁、地板、天花，一切都在说话。我们是为了找一些老式泥瓦花盆而去那里的。那种泥瓦花盆已经不生产了，只有在老旧居民区才能见到踪影。我们知道，人们搬走的时候，空的花盆总会留下来，有时候甚至是整盆花，当然离开了人的盆栽很快就会枯死。我们果然找到了一些花盆：空的、装着干涸泥土的、泥土上出半截枯茎的。我们把泥土扣出来，把盆摞起来。慢慢地一切开始令人忐忑，在我们经过的、那些门窗洞开的空房间里，存在着某种阴凉暗淡的物质，使得阳光都没办法停留。它们附着在任何可见物体之上——墙角的空油桶，窗台下污脏褪色的窗帘布，被踢到屋子中间的腌菜坛。业已绝迹的印红双喜白搪瓷痰盂大概是曾经放桌子的地方，散落着垫桌子腿的硬木块，那棕褐色的木纹里，也藏着这些令人不安之物。

我们像被法律与良心斥责着的业余盗贼，缓缓地退出，离开了。

那一年，我回到老家，想看一看十余年未见的外祖父母的老房子。没有想到，整条街都已经没有人了，居民们搬到新镇，留下空的祖屋等待开发商来，重新刷漆，改造成旅游景点。开发商没有立刻就来。我在高过人头的蒿草里走，提防着蛇、虫、野狗，找到了外祖父母的房子。门锁上了，从被半封的木窗棂张望，是记忆中狭小但现在显得空旷的客厅兼厨房，地面上躺着一只空的酱油瓶。黑漆漆的、高高的木梁上，用来悬挂腊货与干果的绳钩还在。我趴在那儿看了一会儿。窗台上，我的胳膊肘旁边有一根黄锈不堪的铁钉。我摸了摸它，确定是它，从记事起，这根铁钉似乎就一直放在这儿了。没有人想过把它拿走。

没找到我出生时，在老屋前种下的两棵桐树。据说等我出嫁时要砍下来打新家具的。说这话的外祖父母去世也十余年了。不过，在屋前曾是院篱的地方，有一棵很小的桃树，只比我的个子高一点儿，已经结出弹珠大的毛桃。完全不明白它怎么会长到那里。

很长一段时间，直到现在，我没法亲口对人讲述那棵桃树的事。想到它那么小小的一棵，独个儿站在那里认真地开花、结果，就无来由地，心里异常难过。后来再去的时候，桃树不在了。老房子也不在了。那一片变成了卖价颇高的仿古式小别墅群。